用精心工作

开启精彩生活

“大国工匠人物传”丛书

董礼涛

精削细磨铸重器

樊卓婧◎著

中国工人出版社

图书在版编目（CIP）数据

董礼涛：精削细磨铸重器 / 樊卓婧著. -- 北京：中国工人出版社，2025. 9. -- ISBN 978-7-5008-8760-7

Ⅰ. I25

中国国家版本馆CIP数据核字第2025XM5412号

董礼涛：精削细磨铸重器

出 版 人	董　宽
责任编辑	刘广涛
责任校对	张　彦
责任印制	黄　丽
出版发行	中国工人出版社
地　　址	北京市东城区鼓楼外大街45号　邮编：100120
网　　址	http://www.wp-china.com
电　　话	（010）62005043（总编室）
	（010）62005039（印制管理中心）
	（010）62379038（社科文艺分社）
发行热线	（010）82029051　62383056
经　　销	各地书店
印　　刷	宝蕾元仁浩（天津）印刷有限公司
开　　本	880毫米×1230毫米　1/32
印　　张	5.75
字　　数	97千字
版　　次	2025年9月第1版　2025年9月第1次印刷
定　　价	49.00元

国之大者，工匠先行

——“大国工匠人物传”丛书总序

在中华全国总工会成立100周年之际，全国总工会宣传教育部、中国报告文学学会、中国工人出版社联合开展了“文艺工作者走基层”活动，推出“大国工匠人物传”丛书，向全国总工会献礼，向广大劳动者致敬！

“知者创物，巧者述之守之，世谓之工。百工之事，皆圣人之作也。”这是中国所见年代最早的关于手工业技术文献《考工记》中对工匠的记载。“工”之责在于造物，“匠”者为能工鼎识者也。

幼时，老家云南昆明大板桥的老街上，从南头到北头，都是大大小小的手艺人，木匠、石匠、焗匠、骟匠、竹篾匠、鞋匠、箍桶匠……空气中飘荡着木匠的刨花香和石匠敲打出来的粉尘，充满着焗匠手中皮带的“吱扭扭”声、骟匠刀下小猪猡的闷哼、箍桶匠皮锤不轻不重的敲击声。老街上的竹篾匠是我的一个表姨夫，他来自四川，有着一手出神入化的编造竹篾手艺。粗壮的毛竹是表姨夫手中的“百万雄兵”，在一把锋利无比的刀的指挥下，被劈成厚薄、粗细不一的篾。表姨夫的本领仅次于撒豆成兵的天神，他能化篾成物，一般家里能见到、用到的器物，他都能用竹篾编出来。母亲曾命我在老街上买一个暖水瓶的内胆，然后去表姨夫的摊位上，坐等他为暖水瓶胆编制一件竹制的外壳。那个暖水瓶至今还在我家老屋的一个角落里。竹篾壳早已被岁月包了浆，虽然久不使用，却依然油润、红亮。这便是我幼时对匠人的记忆。

五千多年的中华历史长河中，涌现出了无数能工巧匠，他们或如明月光照，或如星河璀璨。一代代薪火相传的工匠精神，不仅成就了那些流芳百世的绝世建筑与器物，更是烛照我们通向文明现代化进程的精神之光，是我们文化的自信心、民族的根与魂。

从“嫦娥”探月到“祝融”探火，从“北斗”组网到“蛟龙”深潜，从港珠澳大桥横跨三地到大兴国际机场凤凰腾飞……这些挺起中华民族脊梁的大国重器、世纪工程背后，无不凝聚着万千工匠的心血和汗水，映照着工匠们孜孜以求、拼搏奋进的身影。

本套丛书收录的是全国总工会历年评选出的大国工匠

的人物传记。他们当中有焊接高铁的“工人院士”李万君、打破国外高端设备维修垄断的王树军、让中国锻件立于世界之巅的刘伯鸣、“人刀合一”的顶级钳工李凯军、在高空“穿针引线”的竺士杰、油田里的创新能手刘丽、了不起的“钢铁裁缝”艾爱国、数控机床上的“雕刻师”孟维、让三星堆文物“活”起来的郭汉中……他们有的是传统加工业的锻造者，为了突破技术瓶颈精益求精；有的是新兴制造业的探路者，为了实现精密制造巧思妙想；有的是军工行业的铸剑者，为了打造国之重器默默坚守；有的是民间手工艺的守护者，为了传承非遗文化精雕细琢……他们奋战在国防军工、装备制造、传统工艺等行业的第一线，以久久为功的钻研和创新，造就了一个个传奇。

这些杰出的工匠，尽管行业不同、岗位不一，成长经历各异，但他们都有着爱党爱国、敬业奉献、创新争先的优秀品质。他们耐得住清贫与寂寞，用灵巧的双手和精湛的技艺，数十年如一日地在平凡的岗位上雕琢自己心中的梦想，以实际行动诠释着“执着专注、精益求精、一丝不苟、追求卓越”的工匠精神。“天下大事，必作于细。”工匠精神既是中华民族技艺世代传承的价值理念，又是中国开启新征程，从制造业大国迈向制造业强国的时代需要。

“大国工匠是我们中华民族大厦的基石、栋梁。”2024年3月5日，习近平总书记参加十四届全国人大二次会议江苏代表团审议时强调“树立工匠精神”，指出“没有金刚钻，揽不了瓷器活”，要“把第一线的大国工匠一批一批培养出来”。党的十八大以来，习近平总书记对建设高素质劳动大军高度重视，强调“当代工人不仅要有力量，还要有智慧、有技术，能发明、会创新，以实际行动奏响时代主旋律”，深刻阐述工匠精神“执着专注、精益求精、一丝不苟、追求卓越”的内涵要义，号召全社会弘扬工匠精神，“为全面建设社会主义现代化国家、实现中华民族伟大复兴的中国梦提供有力人才和技能支撑”。

“匠心聚，百业兴。”无论是传统产业，还是新兴产业、未来产业，大国工匠在发展新质生产力的历史进程中不可或缺。随着经济发展方式转型和产业结构升级，中国要实现由制造大国向制造强国的转变，实现由中国制造向中国创造的跨越，离不开广大劳动者的创新和创造，更离不开对工匠精神的继承和发扬，于是呼唤更多大国工匠成为时代强音。

文艺是时代进步的号角，最能代表一个时代的风貌，最能引领一个时代的风气。中国报告文学学会、中国工人出版社联袂推出“大国工匠人物传”丛书，以图书的形式为大国工匠树碑立传，让他们的故事和精神具有更广泛的交流传播价值和长久的史料价值。本套丛书的写作者奔赴大国工匠生活的城市，深入大国工匠工作的厂区、车间、工作室，获取了全面细致的第一手材料，最终将大国工匠的成长、成才故事呈现在读者面前。

“大国工匠人物传”丛书讲述的是个人奋斗史，也描绘出大国工匠的群体形象。可以说，这套丛书是目前国内系统研究众多大国工匠人生轨迹的权威读本，既有对每位大国工匠的整体介绍和事迹梳理，又有具体的事件、案例，全面、生动地展示了大国工匠各个人生时期的工作和生活状态。

新时代是奋斗者的时代，中国式现代化建设新征程这一宏伟事业为广大工匠技能人才成就梦想提供了广阔舞台。每位劳动者都是主角，都可以成为工匠精神的践行者。大国工匠是新时代的最美奋斗者，更是和平年代当之无愧的英雄。

国之大者，工匠先行，向着中华民族伟大复兴的目标砥砺奋进，行稳致远。

是以为序。

目　录

引子

2024年12月15日下午，哈尔滨太平国际机场人流如织。在羽绒服与雪地靴的摩擦声中，近两年人气高涨的“尔滨”正初启旅游旺季的热闹。我一眼在接机口的人群中看到了董礼涛，这位国务院政府特殊津贴专家、全国劳动模范，刚获评“大国工匠年度人物”的顶尖铣工，笔直地站在笑语晏晏的人群中，安静地注视着“国内到达”的方向，神情和很多新闻照片里如出一辙，严肃而专注。

初次见面，董礼涛和我印象中自来熟的东北汉子不太一样，他笑得腼腆，来拉我的行李箱时，胳膊和手指都绷着。“冷不冷啊？”“路上顺当不？”几句拘谨的寒暄被周围的人声吞得七零八落，从接机口到停车场的路便略显漫长。

暖意在车门拉开的瞬间扑面而来：后座上叠着厚毛毯、新手套，整整齐齐码着暖宝宝。“都是媳妇张罗的，怕你从南方来扛不住冻。”董礼涛咧了咧嘴，“她还说大老爷们儿糙，照顾不周，你想去哪儿她来陪你。”

接下来，每天采访结束，他们夫妇俩都会开车穿过零下 20 摄氏度的街巷，带我去寻地道的东北风味。有一天晚上“00 后”徒弟从车间赶来蹭饭，一进门便捧着手机高声道：“师父您看，俺小姨子发来的，您上他们课本了！”手机屏幕上，《共和国的建设者》目录页里，“袁隆平”和“董礼涛”的名字相隔数行。热气氤氲中，年轻人的脸颊激动得泛红：“能和您比个耶不？我发家族群嘚瑟一下！”“这有啥嘚瑟的？净整些没用的！”董礼涛虽然嘴上嫌弃，但还是配合地扯平了衣角。董嫂王香燕则起身在他领口拈下一个线头，嗔笑道，“人家孩子情商高，比你强。”

铁锅炖的热气扑在玻璃上，董礼涛闷头给我夹大鹅腿，他话茬子短，很多事都看得淡，三言两语说完，王香燕则想着法儿补充，不时续上我杯中的冻梨汁，还特意跑出去为我买了一根据说常常要排队才能买到的糖葫芦。这对夫妇话不多，但满心满眼都是待人的真诚。细碎的温暖里，大国工匠的成长轨迹逐渐清晰——

在共和国重工业制造基地成长起来的董礼涛，人生刻度精准对应着时代的坐标和城市的脚步：董礼涛出生于1972年的哈尔滨，从小生活的香坊区是城市诞生的摇篮，由19世纪的移民和侨民打下基底；20世纪中叶，苏联专家撤走图纸时，工厂里的父辈开始蹒跚起步；八九十年代产业技术迭代之际，他接过父辈衣钵，挨过国企改革的寒冬，赶上发展的快车，为国家战略重点工程倾注心血，为赋能新质生产力不断探索……30余年的坚守校平过起伏不定的时代颠簸，也削切出制造强国的精准叶轮。

30余年没有换过一个单位的经历，在长三角、珠三角制造基地凤毛麟角，但董礼涛和很多同事却觉得稀松平常。他说好好的为什么要换？别的地方可能更有钱，更有名，但这里更踏实。人这一辈子，最重要的是踏实。

我离开哈尔滨前的最后一个晚上，董礼涛坚持带我去逛逛中央大街和索菲亚大教堂，深夜回酒店时又突然提议："旁边就是松花江，去瞅一眼？"董嫂皱眉："现在冰浅，人还不能上去走呢！怪冷的，别再冻出个好歹。”

“好不容易来一趟，没瞅过整条冻瓷实的松花江，说出去跌面儿！”话音未落，董礼涛已经推开车门大步流星地往江边走，我俩只好跟上。夜风割得脸生疼，碎冰在脚下咯吱响，月光里对岸冰雪大世界的摩天轮初现轮廓。他指着空荡荡的江面，兴致很高地讲起儿时在冰上打闹的快乐过往，讲过几天冰冻得足够厚时这里将出现的热闹景象，讲这座城市被冬日童话点亮之前的默默无闻和重重风霜，讲祖祖辈辈的努力如何在委屈中培育希望，将伤痕打磨成勋章……

感受到董礼涛对这座城市的热爱与眷恋，也就理解了他 30 多年的坚守与执着：人与城一样，多年韬光养晦打磨光阴。当没有光打在他们身上时，他们就自己发光、取暖，寂寞前行；当难题与困境如层峦叠嶂时，他们用苦心孤诣的脚步丈量；当被冰城慢性子的温柔与倔强浸透的灵魂，一步步写下时代试卷上最赤诚的答案时，冰雪里生长的玫瑰，也终会开出令人瞩目的花。日拱一卒地躬身，他们一点点夯出强国制造的根基。

第一章 工业摇篮的土壤

不离不弃的故乡

大国工匠的精神底色，始终扎根于哈尔滨这个共和国工业摇篮。

哈尔滨是中国最大的省会城市，也是中国近代史上最早“规划先行”的城市。董礼涛生活了50多年的香坊区，曾以线香作坊而得名，这里也是哈尔滨最早的市中心。100多年前，中东铁路开建，俄国人就将火车站和铁路局设在了老香坊，称哈尔滨驿。

铁路建成后，商贸发展迅速，松花江边的小渔村很快成为远东国际大都市，哈尔滨开始参照19世纪的巴黎规划建设。没有城墙，也没有护城河，东北广袤的土地让城市化进程一马平川。她不断扩张，越来越大，今天，哈尔滨的地理面积已相当于3个北京，8个上海，468个巴黎。

相比之下，董礼涛的生活半径却很小。从小到大搬了5次家，他都在离单位（哈尔滨汽轮机厂）一两公里内的圈子内打转。厂门口的三大动力路，是哈尔滨历史上第一条混凝土道路。数十家工业企业沿这条动脉星罗棋布，车来车往的繁忙昼夜不息。即便是早高峰最拥堵的时段，董礼涛的通勤时间也只需十多分钟。事实上，这座工业社区的大多数上班族还未出发时，身着深蓝色工服的他早已完成车间设备的首轮巡查，齿轮的咬合声与机床的震颤，总是远远早于城市苏醒的喧嚣。

在很多人看来，局限于一座城的人生圆周难免单调，但董礼涛从小就知道，在哈尔滨可以看到世界：20世纪初，伴随着中东铁路列车的第一声汽笛，曾经的边陲小城连接了中国与世界，20多个国家来此设立领事馆，30多个国家的侨民生活在这里，风格各异的建筑遍地开花，这里有

董礼涛

415 处历史建筑，225 个历史文化街区，包罗万象的过往，筑起独一无二的美丽家乡。

当其他城市还围绕着城墙与护城河的时候，哈尔滨已经拥有了现代都市的分区。当其他城市还跑着马车时，火车的汽笛声已经响彻哈尔滨全城。中东铁路的全线通车，加快了人们去看世界的步伐，让这座城市变得更开放包容。以前中国人去欧洲，从上海坐船需要一个多月；后来改从哈尔滨坐火车，只需要 17 天。当年的时代先锋瞿秋白、胡适、朱自清、徐志摩，就是从哈尔滨出发，奔向地球另一端的广阔天地。

一个世纪后，董礼涛也从哈尔滨去了欧洲。在制造业全球领先的德国，更先进的设备仪器、更科学的管理方式、更严谨的工作态度让他大开眼界，深受触动。他如饥似渴地学习，迫切希望将所见所闻带回简陋却熟悉的车间——那里的设备亟待更新，理念渴望突破。而在此前的一次上海出差中，这座比哈尔滨更早拥抱开放的城市以另一种方式震撼了他：繁华的南京路，时髦的楼宇招牌，步履匆匆的潮人，无不展现着地理的多元和人生的多彩，但最终攫住他目光的，是矗立于喧嚣中的巨幅标语——“创新是民族发展的灵魂”。这寥寥数字在新旧世纪交替之际直击他心底，并在未来岁月里不断激荡出思想的回响。

董礼涛在工作中不断创新，却从未想过换新的工作、新的单位、新的城市。

在他刚刚崭露头角的时候；在他的单位陷入发展低谷的时候；在身边越来越多的老国企在时代大潮的冲击下风光不再，而南方年轻的民营企业风生水起开始“抢人”的时候；在他凭着年复一年的执着与钻研，荣誉加身成为“大国工匠年度人物”的时候……不断有新的机会向董礼涛招手，但他总是含笑道谢，从未动过心。职位、虚名入不了沉溺技术的他的法眼；他对钱没什么概念，对生活要求简单，再诱人的物质条件也敲不破他无欲则刚的心防。甚至有说客用女儿当突破口：“你难道也不为孩子想想吗？姑娘大了，就像燕子一样，总要离开家的。那么多人离开东北往南飞，小囡早晚也要寻一处更高的枝头……”

董礼涛摘下眼镜慢慢擦拭，镜片在夕阳中泛着微光：“哈尔滨哪里不好呢？就算孩子要当离巢的燕子，飞累了总会想念檐下的暖巢的。”

董礼涛说这话时带着英雄主义的倔强，因为他生长的哈尔滨本就流淌着英雄血脉。《夜幕下的哈尔滨》广播剧曾是他童年的瑰宝——当年整栋厂区宿舍楼的孩子围在老杨树下听王刚说书，枪声与鸽哨声仿佛就响在尚志大街的石板路上。那些以英雄命名的街道是他的童年迷宫：去兆麟公园打雪仗时总幻想自己是潜伏在靖宇街的特工；当孩子头的“董连长”带兵占领楼道和院子时，头顶的防空警报管道成了他们保卫一曼街的“军号”……英雄们的名字和故事，贯穿着这座抗日战争中最早打响保卫战的城市、新中国第一个解放的大城市，更融入烟火日常，以致每一个孩子都会讲。

董礼涛在渔船上留影

后来世事变化，厂区楼房被拆得七零八落，唯有董礼涛出生的苏式红砖楼依然钉在时代缝隙里，30年后重新回到这里，少年“冲啊”“杀啊”的呼喊声仿佛还在楼道里回荡。但阳光照不进封闭狭小的空间，昏暗的灯光下，斑驳的墙壁和陈旧的木门应和成一张垂垂老矣的脸。“吱呀”一声，门开了，里面生活的人已经换了好几代，房间局促简陋，日子却依然过得有滋有味。

屋外晾的花棉被鲜艳耀眼，爆锅的香气搅进黄昏，被冻红的双手永远有力气掰开冰碴儿；楼拆了再盖，人走了还回，英雄故事与热乎饺子，总会代代传承。

这就是董礼涛从小生活的哈尔滨，她用100年的时间，走完了别的城市1000年走过的路。她曾是一个新生国家的青春时代，拥有“十里洋场”的辉煌和“共和国长子”的荣光，也承受过伤痛、没落和贫穷的风霜，但再大的风雪，都没有把她打倒。挺过重工业的寒冬，她仍是“国之重器”，是董礼涛愿意坚守一生的故乡。

“三大动力”中的家

“尔滨”，最早是满语，意为光荣、荣耀。董礼涛引以为荣，也坚信女儿长大以后会留在这里。然而若细究其家族迁徙轨迹，这个籍贯栏里填写“山东”二字的东北汉子，并不能算真正意义上的哈尔滨本地人——他的生命根系，早在祖父那一辈便跨越山海，自齐鲁大地辗转迁徙而来。

董礼涛的父亲生于山东烟台，五六岁时就跟着家人辗转到了哈尔滨。母亲虽然出生在哈尔滨，但籍贯也是山东。

董礼涛很小就知道，祖辈以及以上好几代人的经历，就是中国移民史上著名的“闯关东”。从清晚期起，因为东北开禁放垦，也因为中原地区连年遭灾，成千上万被命运拍到人生谷底的破产农民，拖家带口，顶着时代的洪流，千辛万苦地“闯”入关东，来寻找一线生机。

小时候，董礼涛常听祖辈们回忆起山东老家。说到童年的白马尿、小茅草、羊角蜜，老树上的榆钱，还有苹果和煎饼，此时，老人们总是眉眼含笑，眼中泛起晶莹的泪光。然而到了父辈这一代，父母与伯父伯母们早已不再共情故园旧梦，完全将自己视为地道的黑龙江人。母亲吕巧云尤具东北姑娘的飒爽，常把“山东那么好，咋往东北奔”挂在嘴边。在她朴素的认知里，风吹麦浪的黑土地能让人端稳饭碗，祖祖辈辈在关东扎下根，便是对这方水土最深情的礼赞。

吕巧云就是在广阔的黑土地上长大的。母亲走得早，她和父亲、妹妹相依为命，自幼吃了不少苦，年少时最迫切的梦想就是当一名工人，为“发展生产”贡献青春，改变国家积贫积弱的现状，也扭转自己的命运。

“发展生产”，是新中国刚刚成立百废待兴时，毛主席专门为中共哈尔滨市委题的词，也是一个时代的关键词。

1950 年 2 月 27 日，毛泽东和周恩来访苏回国，途经哈尔滨视察。在了解到黑龙江工业发展现状后，毛泽东提到，这次访问与苏联签订了一系列互助性质的条约，未来苏联要帮助我国新建和改建 50 个重工业工厂，其中黑龙江就有 14 个，届时要从根本上改善黑龙江的工业状况。

这次视察，毛泽东已为哈尔滨市乃至黑龙江省勾勒出发展工业的框架。他还强调：“把哈尔滨市这个消费城市改造成为生产城市。”

从历史的角度看，在影响城市发展和民族命运的一些重要瞬间里，很多普通人的人生轨迹已在不知不觉中悄然改变。

1958 年，董礼涛的母亲吕巧云考上了哈尔滨汽轮机厂的技校，学的是钳工。这件事在十里八乡的轰动效应，完全不亚于如今考上清华北大。因为，这意味着从小没有母亲庇护、委屈巴巴长大的小姑娘一下跳过了“龙门”，她将在毕业后成为村里唯一的“国营工”，进的还是鼎鼎有名的“三大动力”。

所谓“三大动力”是新中国第一个五年计划期间，在苏联的帮助下，在哈尔滨市建设的现代化的三个大厂：哈尔滨电机厂、哈尔滨锅炉厂、哈尔滨汽轮机厂。新中国成立初期，国民经济开始恢复，可当时电力奇缺，远远不能满足社会主义建设的需要。1951 年 6 月 6 日，在原日伪时期的跑马场上，哈尔滨电机厂率先破土；三年后，锅炉厂开工建设。1956 年，电机厂第一期建厂工程通过国家验收，批准正式投产；锅炉厂部分车间竣工，投入使用；“三大动力”的最后一个大厂——汽轮机厂也开始动工。

从此，安静偏僻的安乐路变成了车水马龙的“三大动力”路，工厂提出的口号是“先生产后生活，边建设边生产”。这边还在挖掘基础坑，那边新盖起的厂房里就已经开始调试新安装的机床，开工生产了。随着上工和下工的铃声，成千上万名工人穿着统一的工作服，昂首阔步地穿梭于厂区内外，壮观的场面撩拨着无数青年学生的心弦，那是他们最具体最确切的梦想。

1957 年，又一个大新闻轰动一时。电机厂从苏联进口了一台9米立车，这台由54台电动机、28块仪表组成的“庞然大物”，是当时技术性能世界最高、加工直径亚洲最大的重型车床，可以灵活精准地为零件抛光、钻孔、螺旋纹、滚花。它被安置在36米宽、近200米长的巨大厂房内，人人都想去“瞻仰”一番。

当时大家口口相传，这“宝贝”可贵得很，是中国用2000列火车皮大豆与苏联“易货”而得的。而这分期分批交付给苏联的2000列火车皮大豆，相当于新中国两个农业县一年的生产总值。

我们什么时候也可以制造出自己的先进设备和重大装备？这个念头在无数热血青年和工人心里生根发芽，他们摩拳擦掌，仰望着从苏联远道而来的“宝贝”时，眼里充满渴望。

让人热血沸腾的新闻一个接着一个。就在吕巧云进入技校学习的1958年9月，哈尔滨电机厂成功制造出新中国当时容量最大的第一台25兆瓦汽轮发电机，还是在没有正式竣工的汽轮机厂诞生的。次月，全国首台25兆瓦配套锅炉诞生。中国人不能自己制造电机、汽轮机、锅炉的历史彻底结束了。

这些“首台”都被送到了哈尔滨热电厂，它们一年可发出炼 262.5 万吨钢铁的电量，或者可供 250 万人口的城市照明用电。进入哈尔滨汽轮机厂车间实习的吕巧云第一次真正见识到城市的万家灯火，一盏盏灯亮起来，连成一片，像做梦一样，真是人间最美的画面。她的心像有熊熊烈火在燃烧：为城市发电，还有比这更让人激动的工作吗？

“三大动力”的基本原理是把化学能转换为机械能，再由机械能转换为电能。燃煤在锅炉里燃烧产生蒸汽，由蒸汽推动汽轮机叶片做功，再由汽轮机转子带动发电机发电。火焰燃烧不止，变为源源不断的电能输往祖国各地。

那是一个新生国家的动力源泉，寄托着一代人为祖国发电的崇高使命。

时代的车轮滚滚向前，人被一个个波折起伏推着走。毕业后，吕巧云如愿成为哈尔滨汽轮机厂的一名钳工，但这份令人自豪的工作没干多久，她就被下放到农村，再回来已是 1968 年。特殊年代不需要那么多技术工人，她被分到了食堂当炊事员，很快结了婚。丈夫董义云从一座测量学校中专毕业后，作为专业技术人员被安排去支援云南，一走多年，回来后被分配到电机厂工作。

1972 年，董礼涛在哈尔滨汽轮机厂的职工宿舍出生。

董礼涛家的隔壁，住着由周恩来总理任命的哈尔滨汽轮机厂第一任厂长周泊藩。当时的“哈汽”直属机械工业部，规格很高。这位周厂长后来还担任过南京市副市长，由于时代的原因，当时他正处在人生的低谷。他素来体恤下属，和基层工人打成一片。董礼涛出生的时候，周夫人还特意带了肘子来探望，将襁褓中的婴孩抱于怀中轻声抚慰，眉目间尽是慈爱温柔。

1996 年，哈尔滨汽轮机厂 40 周年大庆。彼时周厂长已去世，周夫人和女儿受邀来参加庆典。董礼涛的母亲指着人群簇拥中的周夫人说起当年的渊源，鼓励儿子去打个招呼。董礼涛已经是该厂的技工，他远远地看着，踌躇了好一阵，觉得自己还没有干出什么名堂来，不好意思上前。

后来董礼涛做出了名堂，却再没有机会见到老太太，总觉得后悔：“真应该打个招呼啊，告诉她，她当年抱过的小娃娃，现在也成为厂里的一员，她一定会很开心。”但想到自己的努力没有辜负那一代人打下的江山，他又释然了：人生总有很多“应该”，终成错过。不同时代的希望和遗憾，在一代代人身上打下烙印，又在一次又一次追赶、奋进、弥补和安慰中，延续着生生不息的念想和代代相传的力量。

一个选择，定一生

董礼涛在汽轮机厂的联2宿舍区长大，邻居是父母的同事，同学、朋友都是和他一样的职工子弟。小男孩又皮又野，心是糙的，父母在厂里上班很忙，他很少留心父母具体做什么工作。在阴差阳错地进入哈尔滨汽轮机厂技校之前，他从未想过和父母一样，在同一个厂里继续当工人。

董礼涛是家里的“老疙瘩”，从小被惯着长大，两个姐姐没有接父母的班，他更没有这个心思。

好玩的东西那么多，厂区里的废铁皮、边角料，在小男孩的心里手里，就是“飞机、大炮”。

那时的“时代楷模”是“铁人”王进喜，课本上、广播里常出现他的名字和故事，“铁人精神”深深地印在一代代人心里。和同学们一样，董礼涛写作文常拿“铁人”举例：“我们要向王进喜学习，长大也要成为艰苦奋斗、忘我拼搏的人。”

但长大了具体要干什么？董礼涛还没细想过。如果非要问，那当然是上大学。高考恢复不久，知识改变命运的观点深入人心，上大学几乎是所有孩子的梦想。上了大学，可以当科学家，发明最高级的仪器，多快好省地搞建

姐弟三人

设，这是一个小孩子心里最美好、最朴素的未来。

就这样稀里糊涂地到了初三，董礼涛发现班里很多女孩变得心事重重，一有空就聚在一起讨论，他们所在的老动力区仅有的一座市重点九中要变成省重点了。男孩子心大，傻呵呵地想，变成省重点不是更好，有啥好担心的？中考结束后，他才发现省重点的录取分数远远高于市重点，自己的分数够不着原来可以上的九中，但如果退而求其次上差一点的高中，考上大学的概率又很小。当时的志愿，中专和重点高中只能二选一，他填了九中，就失去了上中专的机会，那么眼前只剩下两条路，要么上第二志愿的高中，为一个渺茫的希望拼上一拼；要么转而上技校，走父母走过的路。

人生的十字路口，少年百般踌躇。

父母却鼓励董礼涛报考技校。特别是母亲，当一个技术工人是她当年没有实现的梦想，对于这个小儿子，她坚持着最朴实的希冀："学好一门技术，一辈子饿不着，也不求人，到老都能挺着腰杆做人。"

父亲也赞同："汽轮机厂的技校对于职工子女有优惠，别人想进来还没那么容易，出来就是国营工，有什么不好的？"

老一辈总期待稳定，但年轻人总归有些不甘心："一辈子留在这个厂里，有什么好的？"

董礼涛熟悉这个厂，厂区占地几万亩，员工和家属加起来好几万人，他们组成了一个设施齐全的"镇"，里面从托儿所到高中、技校，从商店到医院，应有尽有。一个厂，几乎包办了每个职工的人生大事：吃饭在单位食堂，看病有职工医院，结婚会分房子，身上穿的是厂里发的工作服，孩子上的是子弟学校，这些都是不需要花钱的。

确实稳定，但也一眼能看到头。如果留下来，将来董礼涛的孩子也会和他上同一所幼儿园、小学和初中……

那是董礼涛第一次认认真真地思考人生，却想不出个所以然来。

身边和董礼涛差不多的同学，都报了技校。高中还没开学，技校已经先开课了。有一天晚上，同学来了："你真的不去吗？我们都已经开始学了。"

"那你学了啥？"

"铣工。"

董礼涛一愣："哪个铣？"

"还有哪个铣？车、钳、铣、刨、磨的铣呗。你还是工厂子弟呢，这都不懂。"同学笑了，"紧车工，慢钳工，铣工不紧不慢，却是最聪明的，里头学问大，有的要学呢。"

董礼涛不吭声，他不知道铣工是干啥的，只听父亲说过铣刀，但不会写这个字。他的理解里，铣刀，大概就是砍铁的菜刀。这么搜肠刮肚地想着，头不知不觉地低了下去，这是头一次，他和小伙伴在知识的较量中落了下风。

同学劝董礼涛，上高中三年，上技校也是三年，以后都可以参加成人高考。反正现在上高中考上大学的可能性很小，那为什么不上技校呢？横竖有一个就业保障，还有补助，将来可以早点赚钱，有机会还可以参加成人高考，一样上大学。

这句话董礼涛听进去了。“早点赚钱”，也是那个年代多数家庭对孩子的期待。作为家里唯一的男孩，他知道自己肩上的责任。

就这样，董礼涛委委屈屈、别别扭扭地上了技校。一个匆忙的选择，命运不动声色地穿针引线，将他的人生轨迹引向另一番天地。

从珍惜一颗螺丝钉开始

进入技校后，董礼涛就把成人高考当作最终目标，于是他成为班上最特殊的那个存在：上课坐在角落里，下课独来独往，和谁都不深交。课后，同学们约着出去玩，打台球、滑冰，他从不参与，一遍遍地对自己说：“我有正事，我要学习呢，还得学好技能，早日出徒。”

上了两个月后，学生们要进工厂实习了。董礼涛个子小，卡其色的工作服发下来，和袍子一样大，上衣下摆差不多拖到了膝盖，袖子得卷好几下才能露出手。

董礼涛胡乱地将衣服套在身上，跟着大部队一起往厂里走。正是上班时间，厂门口的队伍浩浩荡荡，还没进门，他就被门卫从乌泱泱的人群里扒拉出来："喂喂，你哪儿的呀？"

董礼涛也不解释，别着头站在那里，直到被实习老师认出。老师姓怀，操着山西口音大老远喊他："你站这儿干吗？"

所有人的目光转过来，董礼涛委屈地说："人家都进了，就不让我进。"

门卫眉头一皱："这么小，来捣什么乱？"董礼涛还是不吭声，心里想着："你以为我愿意来呢？"

"学生，头一天实习。"怀老师一拍董礼涛的脑袋，将人领了进去。门卫看着董礼涛无精打采的背影一摇头："这小子，真轴！"

"真轴"，门卫的一句无心之语，也是后来很长一段时间内同事们对董礼涛的评价。

车间还是当年在苏联人的帮助下建造的，方方正正的三层楼像个四平八稳的方形罐头，嵌着三排小小的窗户。正赶上早上换班时间，夜班工人下班，仿佛严实的罐头剪开了一个小小的口子，人像流水一样汩汩而出。

进了车间，董礼涛的心情更糟了。窗户又高又小，眼睛要适应很久才能看清里面的一切，昏暗的光线下，什么都是黑乎乎的，人也一样。工人们穿得都比较潦草，有的人套着大棉袄干活，有的人就只穿一件旧衬衫，唯一一致的是大家的胶鞋都是弯的，后来才知道，这是长时间机油浸泡的结果。叮叮当当各种声音，和汗味、机油味混在一起，再掺上铁锈味和金属加热后焦灼的味道，劈头盖脸地扑过来，刺激着董礼涛的视觉和听觉。

董礼涛垂头丧气地想："这啥地方啊！"

阳光透过高高的窗户打下来，细尘飘浮在斜长的光柱中，像海中游来游去的鱼。董礼涛看着出了一会儿神，那时候他的愿望是做一条自由自在的鱼，而不是困在这四四方方的车间里，成为一颗平平无奇的"螺丝钉"。

多年后回忆，董礼涛自己也想不起来，到底是从什么时候起，人生志向在不知不觉中发生了改变。或者，心里的那一丝松动，是从他真正接触了厂里的工人开始的。

带董礼涛的师父叫张绍义，热心肠，话不多，他将董礼涛领到铣床边："干吧，有什么不懂的尽管问我。"

董礼涛一看，车间和学校完全不一样，学校里的铣床是用各种手柄来操控模具，而车间里只有一个方向盘，他完全下不了手，根本不知道从哪里开始。

张绍义看出董礼涛的茫然，也不多问，就在旁边干自己的活，手把手地演示给他看，边演示边有一句没一句地聊着。张绍义解释这是液压仿型铣床，专门加工叶片的，又说不管机器怎么设计，原理都是一样的，熟悉了就好了，会越干越顺的。虽然技术可以慢慢地学，但是习

董礼涛青年时期的工作照

惯和规矩一开始就要养成。东西该放在哪里，每一步该怎么做，一丁点儿都不能错。基础打好了，以后不管在哪里做，都不会比别人差。

董礼涛虽然满心别扭，但知好歹，他能听出来，师父张绍义是把他当成自己的孩子一样在叮嘱。这也让他想起了同样工人出身的父母，他们也一直言传身教：“人要勤奋点，习惯要养好，眼里要有活儿。”所以，他虽然是家里最小的孩子，但素来手脚勤快，洗完脸，毛巾挂得平平整整；看到地上有纸屑，顺手就扫了；东西都要归位，不然看着就难受……在车间，他也从擦桌子、扫地、收拾工具等最基础的“课程”学起，再细小的活儿也一丝不苟地放在心上，每天早上来的第一件事，就是把机器里的铁屑清扫进大粗簸箕，再倒进铁箱子里。他收拾过的地方，一点铁末子都不会留下。

董礼涛开始学着用铣刀对各种零部件进行平面、沟槽、孔洞的加工。铁屑如针尖麦芒，一不小心就扎到肉里，干活儿的时候不觉得，下班后用水一冲，疼得扎心。时间长了，董礼涛的手变得粗糙起来，也就没那么疼了。他便适应了和学校完全不同的铣床，也适应了车间嘈杂、忙碌，却有条不紊、严丝合缝的一切。那些朝夕相处的车床、铣床看起来粗粗笨笨、灰头土脸，其实各有所长、无所不能，就像心意相通的伙伴，每天安安静静地等着他，四平八稳，不离不弃。

很多年后的一天，董礼涛在路边看到一个螺丝，几乎是本能地捡起来，小心收好。那一刻，他意识到珍惜这个最普通最微小的零件，就像面朝黄土背朝天的农民珍惜每一粒汗水浇灌的谷子，自己已经接纳并认同了这个职业。

第二章 “铣工状元”的成长

“可以懂得少，但必须想得多”

不管是在学校，还是在厂里，少年董礼涛给人的印象很一致，不吭声，不合群，认死理儿，轴轴的。

但董礼涛不吭声，不代表没想法；不合群，不代表不上心；心里嘀咕着“不愿意干”，脑子却一直在思考。

第一期实习结束，别人交的实习小结里，大多写的是对工作意义的认识，对集体主义的理解，对吃苦耐劳、无私奉献的“铁人精神”的体会，董礼涛的报告里，却通篇都是改进意见。

要不要把这些想法写出来，董礼涛纠结了好几天。

没来几天，董礼涛就发现铣床的行程开关不好使，施压以后无法停止，压力越大越往上，不能自动弹回，下一次就需要重新调整，耽误工夫。他心里疑惑：难道只有自己觉得不对劲吗？他暗中留意别人，发现大家遇到这种情况都是耐着性子调整，师父带徒弟，一代代人都是这么干的。毕竟只是个常规的麻烦，也不算太费事。

但从来如此，便一定对吗？董礼涛想起课本里鲁迅先生的灵魂拷问，决定较一回真儿。

回家吃完饭，董礼涛一个人趴在饭桌上，对着图纸和数字细细研究，寻找改进的方法。

董礼涛挺享受这个过程，沉沉的晚上，父母洗漱说话的声音、楼道里孩子们打闹的声音、窗外自行车丁零的铃声，好像都变得很遥远，玻璃板上反射着台灯的那点小光，一切都妥帖稳当。专注于一件事的时候，他的心变得踏踏实实，好像世界都窝在这里，整个人都沉浸其中。

董礼涛设计的改进办法是给机器再加一个限位开关，相当于双保险，施压后到了位置就会自动停止，不需要重新调。

董礼涛每天晚上反复推演，倒不是有多难，相反，正是因为不算复杂，所以他才一直没想明白，为什么之前没有人改进？自己想到的这个法子是不是万无一失？还有什么没有考虑到……

有好几次，董礼涛想和自己的师父聊一聊，但话到嘴边又咽了下去：要是自己设计的方法不对，那不是显得很幼稚？要是对了，那之前这么多人都没提出来，又显得自己多能耐似的。

唉，反正自己也不想在这儿长干，多一事不如少一事吧。

董礼涛纠结着，硬生生把自己的想法压了下去。

可是，这又怎么压得住呢？他明明已经想到了更好的办法，明明可以提高效率，减少无用功。

实习马上就要结束了，再不开口就没有机会了。董礼涛到底是没忍住，把自己的想法都写进了实习小结里。于是，那份小结比别人的长了许多。他花了几个晚上，分析了问题的原因，列上解决方案，还附上详细的图表。他尽善尽美地完成着这一切，一边笑自己：不是不想干吗，这么认真做什么？一边又找着理由：既然想到了，就写出来吧，权当给自己一个交代。反正就是个流程，这种实习小结，有没有人看还两说呢。

拿到成绩单的时候董礼涛愣住了，实习成绩最高是100分，老师居然给他打了120分。这个成绩是算入期末总分的，所以他还拿到了一笔相当可观的奖学金。

那一天，怀老师当着全班同学的面表扬了董礼涛，说大家都要向他学习。董礼涛咧着嘴，有点手足无措，但心里的欢喜抑制不住。这是班上一直没什么存在感的小不点儿第一次得到专业上的认可，也是第一次让同学们对自己刮目相看。

董礼涛一直记得老师那天的话，许多年以后，他也会一遍遍地和不同的徒弟重复着那些话。

“不管你想不想干，既然到了车间里，到了机器边，你的位置就在这里！”

“记住我们是操作机器的，但我们不是机器，不是机械地、习惯性地去干活，不是原来怎么干我们就怎么干，人和机器的区别是人会动脑筋，会发现问题。可以懂得少，但必须想得多。只有不断思考，我们将来才不会被机器淘汰，我们才可以永远适应时代的需要。”

越到后来，董礼涛对这些话的感受就越深。但那时，他只是懵懵懂懂地听着，很庆幸当时在实习小结中表达了自己的真实意见。怀老师可能也没有想到，自己的认可，除了鼓励少年多多思考，也赋予了他更多的勇气坚持不同的意见，做和别人不一样的自己。

“人家惯着你，但你不能惯着自个儿”

技校毕业，董礼涛被正式分到了哈尔滨汽轮机厂二车间三工段四班，成为一名国营厂学徒工。

去单位报到的那天，董礼涛起了个大早，利落地换上单位发的工作服，对着镜子正了正衣襟。他 17 岁了，身体长开了些，眉宇间多了几分成熟，但身材依然瘦小。母亲从镜子里打量到镜子外，帮他抻平了衣服上的每一个褶皱，掖领子的时候还不忘唠叨一句：“看你这么瘦，多长点儿肉多好啊。”

母亲满心满眼都是欢喜，毕竟，铣工是技术工种，孩子进的又是这么好的国营大厂，这份工作既稳定又体面，是自己年轻时的求之不得。孩子延续了自己的梦想，弥补了自己的遗憾，没有比这更让人欣慰的事了。

董礼涛对上母亲笑眼弯弯的神情，突然想到了什么，快步走到五斗柜边拉开抽屉，取出一个信封：“妈，给你看一样东西。”

信封里是一张录取通知书，董礼涛考上了哈尔滨电工学院机械系机械设计与制造专业本科班，也就是夜大。“真考上了？”母亲难掩惊喜，又觉得百感交集：一个初中毕业生能考入本科班，背后早出晚归、披星戴月的辛苦，这几年她都看在眼里。

这个儿子，其实从来不甘心重复父母的路，也无意在最熟悉的厂做一个和大家一样的工人。他一直有自己的主

2003 年，董礼涛参加黑龙江省技术运动会现场留影

意，只是什么也不说，闷着头用功。

但孩子上进，母亲打心眼儿里高兴，她目送着儿子出了家门，意气风发，越走越远。

董礼涛到了厂里，车间安排的带教师父王占军已经在等着他了。两人一见面，都愣了一下。

在实习的时候，董礼涛见惯了不修边幅、埋埋汰汰的车间工人，干活嘛，工作服上臭汗、油污、灰尘都是难免

2006 年，董礼涛参加在伊春举办的黑龙江技师学院技师培养模式高层论坛

的，脏一点、皱一点，谁还会穷讲究呢？但王占军是个另类，他的工作服看起来和第一天上班的董礼涛一样干净平整，从头发到鞋子都清清爽爽。不仅如此，王占军负责的机器也擦得锃亮，一尘不染，董礼涛一时看呆了：“怎么能这么干净呢？”

王占军和董礼涛一样，也是汽轮机厂子弟，说起来，他们小时候家住得很近。王占军是职高毕业后进的厂，其实只比董礼涛大了4岁，他看到这个身体单薄瘦弱的小徒弟也很意外：“你也进厂了，这么瘦，能干活不？”

董礼涛臊了，又低着头不说话。

玩笑归玩笑，眼前那张满脸学生气又努力装作镇定成熟的脸让王占军生出怜惜之情。那天下班，刚好厂里发苹果，王占军打量着董礼涛的小身板，怕他扛不动，便顺手接了过来，搁在自己自行车上帮忙送回家。

董礼涛跟着，一路无话。王占军便主动搭话：“干净不干净，其实是对自己的要求。干活的时候注意一点儿，勤洗勤换，其实耽误不了太多工夫。但弄清爽了，心里舒畅，干活也得劲，一股劲儿就不会懈怠下来。”他像董礼涛的第一个师父张绍义一样，平易亲和，推心置腹。“咱们这厂吧，稳定是稳定，但也单调，每天就这么两点一线。

你得想好了，想干就静下心好好干，不想干，那就早作打算。你还那么小，多学点东西，去做自己喜欢的事，别把自己耽误了。”王占军又语重心长地说道。

从小就在一个家属院里住，董家的情况，王占军多少知道一点。小董的两个姐姐都是坐办公室的，他以前学习也好，应该不会甘心当一个工人。“现在也有人不想干，出去做买卖的，天大地大，不管你怎么选，我都支持。”王占军又来了一句。

董礼涛心里感动，他也毫无保留地告诉王占军，自己已经考上了夜大本科班，计划一边上班，一边读书。

从此以后，这对师徒达成了默契。王占军处处照顾董礼涛，他说：“你是读书的料，重活累活都不用干，多留点精力看书、上课。”但董礼涛心里有数：“人家惯着你，但你自个儿不能惯着自个儿，得对自己有个要求。”

一般人看起来，这对师徒和一般人不一样。师父特别宽容，徒弟一到下班点儿就走人，在单位也不吭声，同事聚会也很少参加，存在感极低。只有王占军知道，这个徒弟脑子灵活，爱琢磨，每次来了新材料新产品，他就开始研究转速与进速的配比，想着怎么样效率可以最高；别人一个一个地做，他想方设法一批一批地做，所以虽然工作

2006年，董礼涛出席伊春技师学院揭牌仪式

时间不算长，却往往能够出奇制胜。

有一回，董礼涛在食堂吃饭，遇到在四车间工作的一个发小儿，他大老远地端着餐盘穿过人群坐在董礼涛对面：“哎，我们主任表扬你和你师父了，说你们干的活儿又快又好。我们四车间开会，他特意表扬你们二车间的，你说你平时从不吭声的人，他是怎么认识你的呀？”

董礼涛想了半天，也想不出四车间的主任是谁，长啥样。他摇摇头，傻乐。过了好一会儿，他才反应过来，一定是师父在领导面前说自己的好，心里一阵感动。

量变引起质变

其实，对当时的董礼涛来说，不管在车间还是夜大，都在学习，但后者明显艰难得多。

夜大第一次数学测验试卷发下来，董礼涛犹豫半天才敢看分数，然后长长地舒了口气：太好了，总算及格了。

董礼涛扭头瞅了下同桌的卷子，顿时眼都直了：对他来说如天书般的高等数学，同桌居然轻轻松松地拿了99分，100分的卷子只扣了一分，他是怎么做到的？

考90分以上的同学不少，董礼涛有点沮丧，同桌拍着他的肩说：“真别往心里去！咱这伙人里头吧，有上过高中的，有念过中专的，肚子里咋说也比你多攒了三年的墨水。你再看看你，少三年寒窗苦读，还能跟俺们挤到一块儿，这说明啥？你小子脑瓜儿嗷嗷聪明！往后这潜力那得是——杠杠的！”

董礼涛挤出一个比哭还难看的微笑，他有点不习惯这么热情、贴心的安慰。上了技校以后，他变得越来越孤傲，总觉得自己是好学生，多少比别人强一点。没想到第一次考试，就一下子打碎了自己所有的骄傲。他无论如何都不甘心，于是默默下决心要把差距补上。

董礼涛每周一、三、五去夜大上课，从不缺课，次次认真交作业，不上课的时候就趴着自己学。最困的时候，他上下眼皮打架，手里的笔掉在地上，要好一会儿才回过神来。他觉得这样迷糊着不行，实在困了就躺下眯一会儿，醒来用冷水冲一下脸，又可以振作精神继续学了。

但课业越来越难，微积分、大学物理、力学、理论力学、材料力学……当时董礼涛并不理解学这些有啥用，但好不容易考上了夜大，再没劲也得硬着头皮坚持。此时，黄日华版的武侠电视连续剧《射雕英雄传》已风靡全国多年，一遍遍重播。董礼涛安慰自己，郭靖年轻时也笨笨的，后来不也成长为一代大侠？但真实的生活不是励志剧，没有从天而降的贵人来扭转乾坤，他也不会突然之间参透“武功秘籍”而大获全胜，他只是笨拙而努力地学着，吃力地应付着一次又一次考试。

“唉，又刚刚及格。”又一次考试过后，董礼涛垂头丧气地从老师那里接过试卷。

“你比别人少上三年高中，每次都能考及格，已经很了不起了啊。”老师鼓励他，“臊眉耷眼的干什么呢？打起精神来！”

“可是，我已经很努力了呀。”董礼涛的轴劲又上来了，“不是说量变会引起质变吗？”

老师忍俊不禁，说：“量变会引起质变，但变化有多大、怎么变，得看考量标准是什么、用什么方法去分析。你看，之前别人还交着学费上高中的时候，你已经下车间拿补助了，一天得有两毛钱吧？现在，你们在同一间教室里，上着同样的课，只要考及格，都拿同样的学分，将来会拿同样的文凭，这不都是你努力的结果吗？你应该很骄傲才是！”

董礼涛被说愣了，好像是这么个理儿。接下来的一次次打击倒是让他的心态渐渐放平了：毕竟人家多努力了三年，自己没学过，多花点儿工夫，每一次能及格就好。

明确了定位和小目标，董礼涛的心也跟着敞亮起来。董礼涛不再盲目地和人家比，不再每天灰头土脸地从车间奔到书桌前，争分夺秒地学习，而是学着像师父一样，养成了每天干干净净地上班、上课的习惯。他把更多时间花在车间里和一些生活琐事上：洗衣服、收拾屋子，留心身边的人怎么干活，再仔细琢磨工作中遇到的问题，努力想

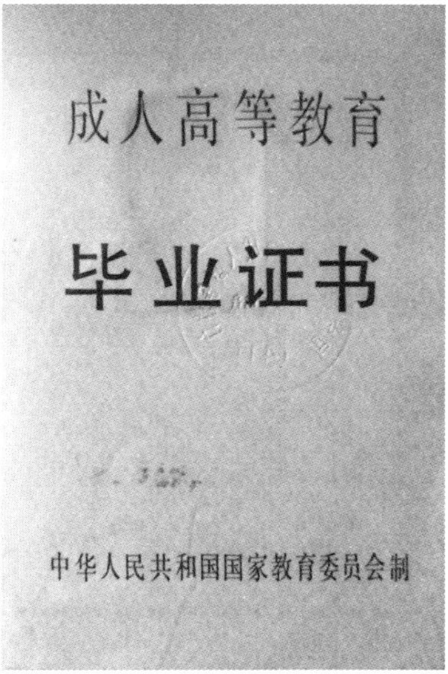

成人高等教育

毕业证书

中华人民共和国国家教育委员会制

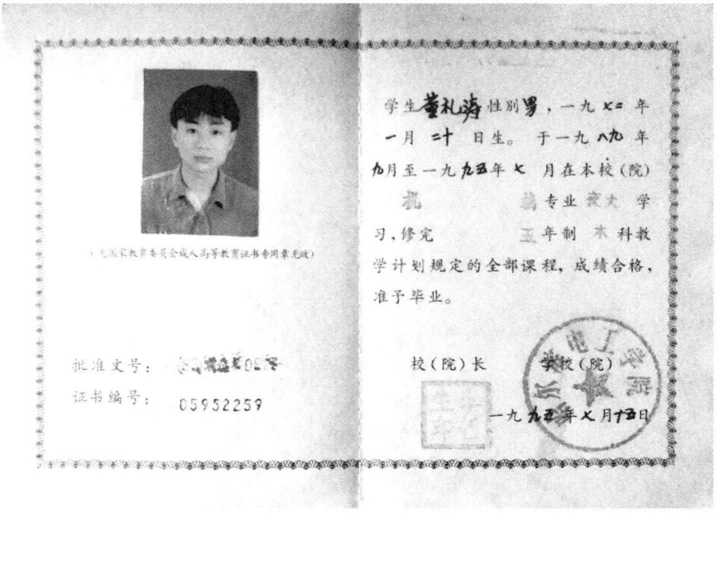

（无国家教育委员会成人高等教育证书专用章无效）

批准文号：

证书编号：05952259

学生董礼涛性别男，一九七二年一月二十日生。于一九八九年九月至一九九五年七月在本校（院）机械专业夜大学习，修完五年制本科教学计划规定的全部课程，成绩合格，准予毕业。

校（院）长　　学校（院）

一九九五年七月十五日

1995年，董礼涛的本科毕业证书

一些和别人不一样的招数解决难题，提高效率，就像实习时改良行程开关一样。毕竟，解决工作中的难题，要比解答作业中的难题更让他有成就感。

上夜大三年以后，学习的内容由理论渐渐转为实践，董礼涛只觉峰回路转、渐入佳境，毕竟这是他的强项，应付起来游刃有余多了。

这时厂里举办工人技术比武大赛，王占军推荐徒弟去试一试。董礼涛虽然不知道自己是什么水平，但一想，横竖是新人，那么多老资格的师傅在，比砸了也不丢脸。

先是部门里面举行选拔赛，董礼涛抱着一颗平常心去考试，获得了第三名。成绩一公布，很多人第一反应是一脸蒙："这家伙谁啊？"

那会儿一个车间有好几百人，董礼涛平时话少，不爱交际，总是埋着头干活，同事们不认识他很正常。等到他真的被作为车间参赛代表推到大家面前时，有人惊讶，有人质疑："一个嘴上没毛的孩子，能代表我们车间参赛？"

但很快董礼涛拿了全厂第一名，全厂轰动，建厂这么多年，他是最年轻的获奖选手。从领导到同事，祝贺的人一拨又一拨。他不知道和多少人握了手，满脑子晕晕乎乎的，有种非常不真实的感觉：他已经太久没有真正的赢过了，尤其是这两年。这好像一场长跑，他使出了吃奶的劲在追赶别人。前面的人，有的比他基础好，有的比他经验丰富，但跑着跑着，他开始享受跑步本身，然后突然发现，自己已经跑在很前面了。

连夜大老师也恭喜他：“这一回，量变真的引起质变了呀。”

董礼涛也对“量变引起质变”的体会越来越深。那些之前费了好大劲才记住的艰涩公式，那些一直半生不熟的定理、原理，不知不觉在一次次实践中融会贯通，让他常常在某一时刻豁然开朗、举一反三，很多问题瞬间迎刃而解。

考夜大时，董礼涛只是想多一个文凭，以后多一条出路。后来发现，这个文凭远没有想象中的“有用”，但实实在在学到的知识，却在多年以后依旧不断给他启发。就像当年师父王占军鼓励他多学点东西一样，如今的董礼涛也这样鼓励年轻工人：“人生就是事儿摞事儿排出来的，今天塞进脑子里的每一个干货、走瓷实的每一步，都是在为明天做铺垫。”

“铣工状元”

董礼涛进厂三年就在技术比武中拿了全厂第一名的传奇虽然后来被说了又说，但很少有人知道，那个“第一”其实是个机缘巧合的意外。

技术比武是全厂的大事，大家的关注度很高，进考场前谁都不知道具体考试内容。考试那天，大家也是正常在车间上班，通知到自己了，就去考点考试。

轮到董礼涛的时候，大多数人已经完成了考试。他到考场，将试卷打开，是装配零件的图纸。他集中注意力细细研究，很快发现了不对劲，一时也蒙了：“不对啊，但这怎么可能不对呢？”他看着同场竞技的同事，大家都在专注地操作，先进来的同事也成功地交了成品。

“难道是我自己的问题？”董礼涛又一次琢磨着图纸，确定自己没有看错。

那就按自己的理解装配，就算最后和图纸不符，也是非常微小的误差，那么多成品摆在一起，其实很难被发现。

但纠结再三，董礼涛还是举起了手：“老师，这个题目出错了。”

全场哗然。出题和监考的都是技校的老师，学校不止一次出过厂里比武的题，监考老师认为不可能有错，“如果题目错了，那别人是怎么完成的？”

董礼涛的轴劲又上来了：“别人怎么完成的我不知道，但是，老师你看如果完全按照图纸来，我加工出来的零件是配合不上的，这里差了 3 毫米，题目肯定有错。”

董礼涛这么一说，其他正在装配的同事也停了手，现场出现了不小的骚动。这时巡考的领导也闻声赶来，认真看了一下董礼涛手中的图纸，眼睛一亮，大腿一拍：“这小伙子说得对啊，这图纸真的有问题。”

董礼涛惦记着名次，差点脱口而出“那还比吗？”又怕自己太鲁莽，硬生生将这句话咽了下去，只是急切地看着领导。

领导想了想，说：“既然错了，那就让唯一发现错误的人拿第一名吧。”

现场很多参赛者不服气，有人窃窃私语，有人直接提出了意见：“比都没比完，他怎么就得第一了？”

领导瞪了那人一眼：“他不拿第一谁拿第一？图纸你都没看明白，你怎么拿第一？”

董礼涛顿时觉得有了底气，本来忐忑的心也安定下

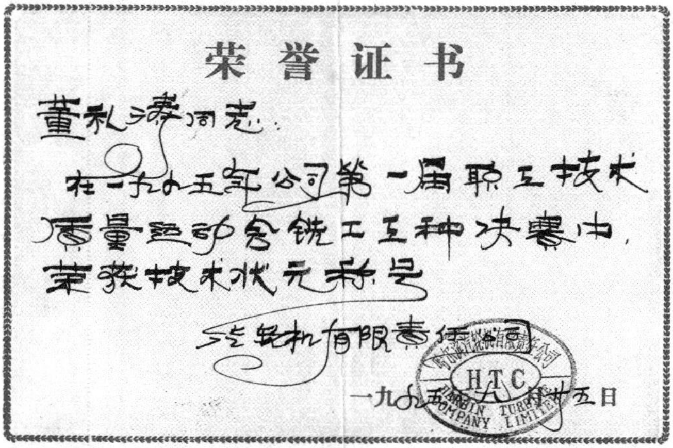

荣誉证书

董礼涛同志：

在一九九五年公司第一届职工技术质量运动会铣工工种决赛中，荣获技术状元称号

汽轮机有限责任公司

一九九五年六月廿五日

1995 年，董礼涛获得公司“技术状元”称号

来，一声不吭地站着，心里却早已乐开了花。

董礼涛后来才知道，技校的老师出的题确实没问题，只是这位老师年年出题，领导怕他泄露考题，就在比赛前悄悄改了考题中的尺寸，没想到改得匆忙，一时疏忽就影响到最终的配合了。

这个小小的误差很多人没有发现，有人看出来了，也不敢当场指出来质疑权威，打算将这个不容易被发现的误差含糊过去，只有初出茅庐的董礼涛勇敢地指了出来。

董礼涛就这样成为厂里的“状元”，得到3000元奖金，这在当时是一笔巨款，他用奖金请班组同事吃饭，这下全车间没有人不知道他了。只是更多的关注，也意味着更大的压力。考题出错的事，知道的人不多，董礼涛也将此事压在心里，一遍遍地提醒自己，这一次多少有点阴差阳错的运气，但下一次，一定要名正言顺地拿个第一，才能真正服众，也让自己安心。

好像就是从那时起，不愿意干、拿到文凭就换个工作的念头渐渐淡了，董礼涛开始对自己有了更高的要求。他常常第一个到车间，在完成自己的工作后，主动去挑战一些高难度的产品。别人将孔洞尺寸误差控制在 0.5 毫米范围内，他就琢磨着将误差控制在 0.2 毫米的范围；其他人能将部件表面光洁度打磨到 6.5 微米，他就想着如何打磨到 3.2 微米，甚至是 1.6 微米……

董礼涛爱动脑筋，又有学校老师指点，进步很快。之后厂里的技术比武，他连续四届蝉联冠军，成为名副其实的“铣工状元”。直到领导主动来找他，委婉地提出让他放弃报名。

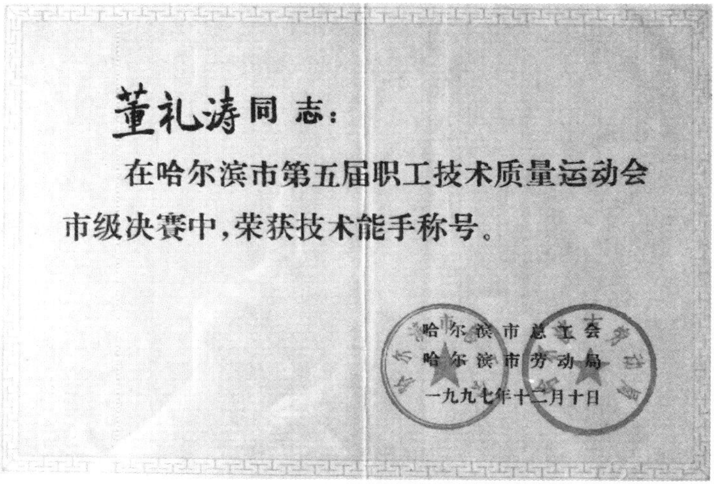
董礼涛同志：

在哈尔滨市第五届职工技术质量运动会市级决赛中，荣获技术能手称号。

哈尔滨市总工会
哈尔滨市劳动局
一九九七年十二月十日

1997 年，董礼涛获得哈尔滨市第五届职工技术质量运动会市级决赛“技术能手”称号

“为什么？”那时董礼涛年轻，说话也直来直去，语气中带着委屈和不解。

领导肯定了董礼涛过人的成绩，又为难地表示：“你看，之前每次比武，第一名总是你的，奖金也是你的，提级涨工资的机会也是你的。第一名的奖金要比第二名多得多，如果别的同志看不到拿第一名的希望，就没有报名的

积极性了。”

但当时的董礼涛有点别扭，毕竟这么多年规则一直就是这么定的，自己也是凭能力赢的比赛。领导也知道这样做委屈了他，便提出了一个折中的办法：“这样吧，虽然你不直接参赛，但是你可以培养一个徒弟参赛，要是他拿了第一，也算你的成绩。”

“那也成！”董礼涛爽快地答应了。虽然自己参赛的胜算更大，但领导已经把话说到这份儿上了，说明领导对自己的认可与重视，一种自豪感油然而生，他也理解领导想要培养更多人才的初衷。随着资历的增长，他越来越体会到领导的良苦用心：一个企业不能只有一枝独秀，不能只有高峰没有高原，要养成你争我赶的氛围，培养积极健康的人才梯队，才有助于企业长足发展。

孤高自许的人很难走远

1997年，董礼涛代表哈尔滨汽轮机厂参加市里的技术运动会。十大工种比武，第一名奖金1万元，这是一个非常诱人的数字。

彼时，董礼涛早已拿到了机械设计与制造专业本科学历证书，是厂里数一数二的业务骨干，在业内也小有名气。厂里对他寄予厚望，而他自己也觉得胜券在握。

那一年董礼涛也将完成自己的人生大事，和心爱的姑娘结婚。人逢喜事，事事顺心，春风拂面，脚步都是轻快的。他甚至已经在心里盘算，那1万元赢来，是给新娘子添个金镯子，还是直接多给点儿彩礼。

比赛时，董礼涛信心满满地上场，要求完成的产品也不算难，加工三个零件，再组合在一起，拼装成一个类似十字架的零件。在他眼里，这简直和小孩子的拼装玩具差不多，他也是以玩玩具的心态享受着比赛，越干越高兴，差点儿哼出小曲。但开槽的时候，他突然发现铁屑好像要比平时多得多，心里一咯噔：坏了，失手了。

比赛要求是做一个平行槽，董礼涛平时做立形槽做顺了，一时没在意，顺手就去摇铣床。铣床的升降台，摇一圈是2毫米，他发现铁屑不对的时候心里一乱，已经记不得自己摇了一圈还是两圈。

市里比赛是高手对决，能被派来参赛的都不是等闲之辈，彼此难分伯仲。再小的失误，大概率也会导致全盘皆输。董礼涛心里明白，拿名次是不可能了，但无论如何，他都要漂漂亮亮地完成手里的活儿。即便最后的成品和图纸要求有出入，它也应该是一个让专业人员爱不释手的精品。

努力让手中每一个产品都尽善尽美，是一个工匠的自觉。当时的董礼涛已在不知不觉中，有了这样的自觉。他定了定神，按下浮躁的心绪，全神贯注地完成接下来的操作。

最后，不出所料，董礼涛两手空空地回了厂。有人安

荣誉証书

董礼涛同志：

在一九九六年公司第一届一次职工技术质量运动会中，荣获铣工“技术大王”荣誉称号。

哈尔滨汽轮机有限责任公司

一九九六年七月十二日

1996 年，董礼涛获得公司“技术大王”荣誉称号

慰，有人失望，也有人事后诸葛亮，说厂里就不该派这么年轻的小子参加市里的比赛。他也就在厂里厉害，出了厂，还是应付不了大场面。

董礼涛迎着各种各样的目光回厂里上班，仍闷着头干活。这时他的师父王占军已经调到了别的车间，下班路上碰到，王占军还没开口，董礼涛先截住他的话头："别安慰我了，失败是成功之母，我知道的。"

王占军说："我不是来安慰你的，我只是和你说几句心里话。在技术上，你确实出类拔萃，也不用我教你了；但在态度上，在和同事的相处合作上，你要改的地方还多着呢。"

董礼涛一下愣住了。

两人年岁相差不大，比起师徒，更像兄弟。尤其这两年，董礼涛在厂里的名气蒸蒸日上，王占军已经很久没有这么一本正经地"教"过他了。

但这回聊下来，每一个字董礼涛都听进去了：比赛失误，固然是轻敌所致，但归根结底，有一些操作还没有熟练到成为肌肉记忆，否则不至于一不留神就失手。如果在一些基础操作中做不到"零差错"，那即便可以解决"疑难杂症"，将来也会根基不稳。此外，他性格内向，不爱说话，喜欢独来独往。这当然不是缺点，特别是默默无闻的时候，反而有助于一门心思地钻研技术；但若有了成绩以后再不合群，在有些人眼里就变成了恃才傲物，不利于团结。在员工众多、需要合作的大国企，孤高自许的人很难走远。只有把大家团结起来，把所有人的积极性调动起来，才能办成大事。这也是领导鼓励他带徒弟的初衷。

经过王占军的劝导，董礼涛也开始反思某些同事的风凉话，他们这么说固然不对，但也是因为他们不了解自己，他开始试着改变自己，尽量与更多同事打成一片。

婚期将近的喜悦冲淡了比赛失利的失落。董礼涛在单位连轴转，婚礼事宜都是家人帮忙筹备，每次回到单位分给他的新房，那个精心准备的小家都会更充实一点儿，更鲜亮一点儿：床进来了，桌椅安上了，电视上了墙，窗帘随风飘扬……他的心也一点点被幸福与期待填满了。

好事成双，董礼涛还被厂里破格晋升为铣工技师，一下成为哈尔滨汽轮机厂最年轻的技师。消息传来，他还以为厂里弄错了。申请职称的时候他想过，如果市里比赛拿了第一，有希望破格晋升。铩羽而归后，他便不再抱有希望，没想到还有这样的意外之喜。

“错不了，就是你的。”人事科的同事很确定地告诉董

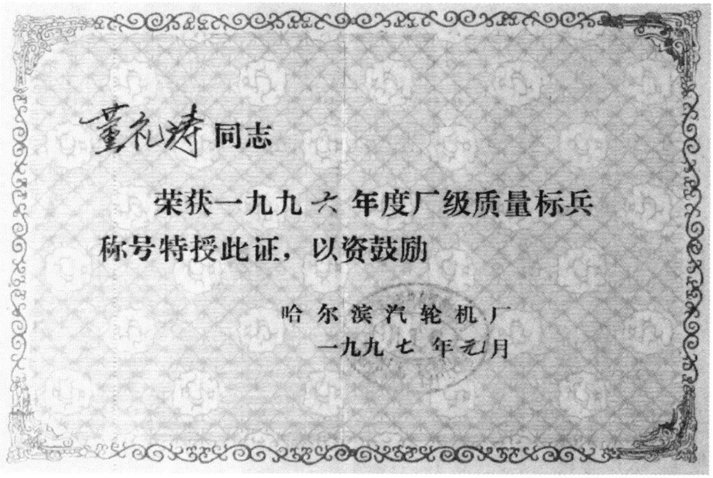
董礼涛同志
荣获一九九六年度厂级质量标兵称号特授此证，以资鼓励
哈尔滨汽轮机厂
一九九七年元月

董礼涛获得1996年度厂级“质量标兵”称号

礼涛，见他一脸惊讶，又问，“你认识朱秀杰教授吗？”

董礼涛点点头又摇摇头，在哈尔滨电工学院机械系读夜大的时候，朱秀杰的名字如雷贯耳，哪个学生会不认识这位德高望重的老教授呢？但夜大学生没有机会听朱老师的课，偌大的校园里，他们几乎没有见过面，朱老师也不可能认识当时名不见经传的董礼涛。

但在市里的比赛中，朱秀杰作为评委，一眼就看到了董礼涛的作品，对其赞不绝口。朱秀杰说这个选手虽然中间有失误，但是他后来的表现无懈可击，是个肯动脑、有想法的孩子，心思和手艺都巧。所以，虽然作品不够标准，不能获奖，但完成这个作品的年轻人绝对是可造之才，他建议多多关注，好好培养。

董礼涛完全没有想到，素昧平生的老教授居然这样欣赏自己，在自己完全不知情的情况下努力推荐他。再回到车间，看着熟悉的铣床，董礼涛百感交集。沉默的机器在那一刻变得质朴而庄重，亲切而沉稳，像个知根知底、朝夕相处的老朋友，那一刀一凿都是他的心血、他的智慧、他的青春……他几乎可以确定，自己这辈子就要留在这里了。

心里真正有了厂

经过师父王占军的提醒后，董礼涛开始处处留意，遇事多听取同事们的意见，改善沟通方式，努力融入班组大家庭。

1998 年，厂里接了一个急活儿，加工复合斜面。时间紧、任务重，有铣床的车间都领了活儿，分好工，大家都开始埋头拼命干。

人人都清楚这个任务的意义，那时厂里的经营状况已大不如前，上个月的工资还欠着，这是建厂以来从未发生过的事。每个人的心里都没着没落的，这关键的一单能否顺利完成，关系到全厂的工资能否按时发放。

董礼涛却看着图纸迟迟未动，说：“这个复合斜面和

董礼涛获得公司 1998 年度“职业道德模范”荣誉称号

我们之前加工的平面都不一样，不是简单处理就能成型的。”他放下手中的活儿，跑去问工艺所的人，有没有准备工装，得到的答复是只用“平口虎钳就行，不需要工装，有的车间已经干出成品了”。他越想越不对，加工不规则复合斜面必须要有辅助的工装，否则最后的成品肯定有问题。

时间一分一秒地过去，工段长急得火烧眉毛，没好气地催董礼涛：“别人都干完了，为什么就你干不了？别磨洋工了，赶紧动手吧！”

按照董礼涛以前的性子，说过一遍他就不会再多做解释。作为厂里的技术能手、“铣工状元”，他未必会把工段长的话放在心上，只会按自己认定的方式去加工。至于其他人，他提醒过了，孤掌难鸣，有问题也不关他的事了。

但这一次不一样，这是一个关乎全厂是否能够渡过难关的大单子，每个人都应与全厂共进退。于是，董礼涛耐着性子和工段长沟通道：“这么复杂的斜面，如果他们这么快就加工完了，不是图纸错了，就是他们干错了。”

见说不动工段长，董礼涛又苦口婆心地劝其他工友：“如果一开始就错了，那么干得越多，就错得越多。越着急的时候越不能自乱阵脚，否则成品就是废品啊。”

2003 年，董礼涛（右一）在黑龙江省第六届职工技术运动会第二赛区（铣工）理论考场

说到成品的时候董礼涛灵光一闪，既然别的车间已经有了成品，那不如拿来和图纸对照一下。工段长固执，他便去说服车间生产主任，建议对方去别的车间比对一下加工好的工件。

车间生产主任一比较，变了脸色，急忙叫停。他也看出了成品与图纸间的微妙差异，于是马上组织其他铣工以

2004 年 10 月，董礼涛参加中央企业职工技能大赛决赛

及相关部门的人紧急开会，请董礼涛讲一讲问题出在哪里。经过之前的深入思考，在召集人开会的当口儿，董礼涛也想到了补救之策，可以在最短时间内将图纸中缺少的一个角补全。

根据董礼涛琢磨出的加工方式，大家齐心协力终于加工出满足图纸要求的零件，为工厂避免了一次因加工失误导致的巨大损失。

第二天上班，董礼涛能明显感觉大家看自己的眼神不一样了，多了一份佩服，甚至还有感激。就连门卫见到他，也客气地叫了一声："董师傅早。"

董礼涛一时没反应过来那声"董师傅"是在叫自己。这个门卫，当年他实习时因为他看起来年纪小，不让他进门，之后10来年一直叫他"小董"，现在突然用尊称，还真是不习惯。

董礼涛笑着回应，并很快回过神来：想来昨天自己力挽狂澜的事已经传遍了全厂。原来从"小董"到"董师傅"，不是因为拿了多少奖、多少第一，也不是因为提升了职称，而是因为他心里真正有了厂，有了大家。

第二章 『大国工匠』的修炼

要让机床“唱歌”，而不是替它“喘气”

2009年，哈尔滨汽轮机厂从德国进口了一台五轴联动车铣复合加工中心，董礼涛带着3名同事赴德国学习操作，以便在公司引进这台新设备后，承担起公司燃压机组、重点工程机组等重点项目核心部件的加工任务。

15年后，这台五轴联动车铣复合加工中心仍在哈尔滨的厂房里源源不断地“吐”出精密部件。当凝视着监控屏上跳动的数据流时，那些遥远的场景偶尔还会浮现在眼前。

多年后的记忆里，当机器的轰鸣声响起时，清晨的雾气便开始消散。在走进车间前，德国工人们习惯将深蓝色工装袖口一丝不苟地折起三折，这个动作让董礼涛想起小时候裁缝铺里看到的铜尺——每一道褶皱都带着金属的精确。“Guten Morgen！”流水线尽头的金发女工每天准点递来咖啡，蒸腾的热气里裹着巴伐利亚口音的尾音。德国人的晨间问候总让董礼涛想起机床启动时的自检程序——带着程式化的温度。

他们的工装从不沾油污，工具列队如仪仗兵，擦拭导轨的棉布永远保持三折状态，更换刀具前会在工作服肩部轻掸三下，连午休时啃黑面包的碎屑都会用手帕仔细包好……这些细节总让董礼涛回忆起当实习生时师父总挂在嘴边的话，“做什么都要利利索索的，别拖泥带水”，即便在地球的两端，真正的工匠都拥有共同的行为习惯。这种秩序感不是写在手册里的纪律，而是从毛孔里渗出的信仰。

来之前董礼涛总是担心语言障碍，但事实上即便没有翻译陪同，半吊子英语和手势也足以搭建起奇妙的交流通

2009 年，董礼涛（右三）和同事们在德国培训

道：德国工人在讲解切削参数时，双手在空中划出工件翻飞的轨迹，专业的中国工人一看便懂，他们回赠以东北话的“整”，这个充满韧劲的单音节成了车间的通关密语。

差异主要体现在观念上：每天早上，德国的工人们在咖啡的氤氲中不紧不慢地撕开方糖包装——这个动作在哈尔滨的车间里，通常伴随着师傅们就着馒头囫囵吞下早餐的匆忙；到了周五下午三点，流水线的蓝光会像退潮般次第熄灭。德国工人们认真擦净操作台的动作，让董礼涛想起老家过年前擦供桌的虔诚。擦完就意味着一周的工作完全结束。“周末愉快！”德国工人们吹着口哨锁上储物柜，留下 4 个中国人在空荡的车间里面面相觑。

“去新天鹅堡看看吧，来一趟不容易。”菲利普卸下工牌时劝他们。40 岁的菲利普是董礼涛认识的第一位德国同事。这个身高一米九的日耳曼汉子总爱在工装裤口袋里插两支铅笔，铅笔头削得尖锐整齐，如同他工作台上排列的精密刀具。但他的下班时间同样精准得不容商量，说：“走吧，周末休息是上帝的安排，好好享受假期。”

但董礼涛和同事们哪有这个心情，眼看着回国的日子越来越近，多学一点点也是好的。于是，他们总恋恋不舍地在熄灯的车间外徘徊，恨不得鼻尖贴着玻璃记录机床的休眠姿态，仿佛机床里就藏着解开日耳曼精工之谜的钥匙——从小到大的潜移默化让他们血管里流淌着另一种时区，那里的分秒都要在汗水中淬出钢花。

很快，两国的工人在朝夕相处中达成了相互理解与认同。董礼涛和同事们巴不得时时跟着，总想多学一点儿。德国工人起初不习惯，总觉得有一种被监视的不适感，渐渐发现中方人员热切的目光只聚焦于工作本身，至于在机床边操作的是谁，压根儿没人留意，于是时时分享变成了一件轻松的事儿。菲利普也会主动把工具递给董礼涛，示意他试一试。

“不是使劲，”菲利普用食指轻点太阳穴，对董礼涛说：“要学会和机床‘谈恋爱’。”

在董礼涛眼里，菲利普是在享受工作，而不是“艰苦奋斗”。他爱操作的过程，就像爱打球、钓鱼一样。专注而愉悦的情绪里，打造一个艺术品的热情在金属的冷光里生长。在德国，他学到最深入的不是操作手册上的参数，而是某种接近禅意的工作哲学：真正的精密不在机床的行程范围，而在操作者指间的从容不迫；真正的高效也不是汗湿工装的争分夺秒，而是让设备在最佳状态中自然流淌出完美弧线。就像菲利普常说的，“好的技工要让机床

董礼涛在德国培训

‘唱歌’，而不是替它‘喘气’”。

整个过程都非常顺畅，直到最后几天出现了个小插曲。这天他们加工出来一个试切件，董礼涛一时兴起，比画着说想将那个叶轮当作“纪念品”带回去。菲利普摆手拒绝，董礼涛以为他没听懂，便找来翻译强调，只是带回中国留个念想，但菲利普的态度毫无转圜之余地。董礼涛便不再坚持，他捉摸不透这德国人咋想的，相处这么多天了，连这么个小件都不舍得给。

三天后，当中国团队收拾行李时，菲利普忽然从工作服内袋掏出一个裹着牛皮纸的小包。灯光下，重新加工的叶轮的每个曲面都流转着液态金属的光泽，菲利普说：“这才是你该带回中国的礼物。”

“偏了 0.02 毫米”，菲利普量出原来那个叶轮的偏差，并当着董礼涛的面将瑕疵品扔进垃圾桶。董礼涛明白了菲利普的意思，任何一个瑕疵品都不能出厂，哪怕它仅仅作为一个纪念品被带走。

回程航班上，董礼涛反复摩挲着叶轮工件。金属的凉意渗入掌纹，让他想起菲利普演示误差时说过的话，“精密是上帝的语法，我们只是谦卑的誊写员”。

回国后，董礼涛就和同事们投入一系列重点项目核心部件的加工任务之中，那时最难的要属加工 158 机组，这个被大家称为“迷宫”的庞然大物，曾让整个车间陷入长达数月的技术困局——242 块精密啮合的斜齿汽封弧段如同魔方矩阵，在缺乏图纸和专用夹具的情况下，每块误差必须控制在 0.02 毫米以内，相当于一根头发丝的三分之一粗。外协加工的成本能吃掉整条产线大半的利润，同事们愁眉苦脸。而董礼涛脑海中却浮现出菲利普隐隐有些兴奋的脸，那是他面对难题时的本能反应。

“你们这些小年轻打游戏那会儿，为了通关连觉都舍不得睡，啥时候喊过苦？有乐趣的人才不会叫苦！”董礼涛对年轻的工人们说，“咱搁工作上也得有这劲儿，脑瓜子抠出包来，也得过这些关，左一遍右一遍地试，像通关似的把最得劲儿的主意都掏出来。越是卡壳的坎儿，整明白那会儿才越带劲儿！”

显示器的蓝光映着董礼涛眼角的细纹，新型五轴联动设备已成为他最好的战友。经过反复实践，他们自行设计了成套系列化夹具，并且量身定制了新的加工方案，不仅大大降低了成本，还让国产化机组发出了超越欧盟标准的平稳嗡鸣声。

15 年后，来自德国的五轴联动车铣中心依然有条不紊

董礼涛在燃压机组的工作现场

地工作，切削声如同时光的秒针。当新一代技工们开始用咖啡代替浓茶，董礼涛看见两种文明的齿轮正在某个精妙的啮合点上，转动出属于东方制造的崭新韵律。他会和年轻的徒弟们聊起慕尼黑清晨的咖啡、菲利普折袖口时的角度，还有那些匠人心照不宣的默契和共同遵守的信条……

来自地球另一端的叶轮，金属表面已沁出温润的包浆，它已成为珍贵的教具——提醒着来来去去的工人，职业尊严的刻度不在验收标准里，而在拒绝交出次品时的心跳频率里。

暮色中的机床仍在歌唱，冷却液泛起的涟漪里，映照着东西方匠人共同仰望的星空。

做梦都在想

2010年，董礼涛发现自己开始掉头发。他在遇到难题时会不自觉地挠头，那些烦恼丝在车间的机器轰鸣声中成群结队地弃他而去时并无人注意，但日积月累，某天晚上他坐在车间打了个盹儿，徒弟们惊讶地发现，头顶的日光灯在师父的脑袋上映照出锃亮的一块儿，那里本该是浓密的头发。

“看把师父愁的，唉，不到40岁就像个小老头。”徒弟齐孙岩小声嘀咕，又心疼又好笑。

当时，全车间的人都扑在哈尔滨汽轮机厂研制国产首台用于国家“西气东输”项目烟墩站的燃气增压设备上。这是从乌克兰引进的设计技术，机组的核心部件大多是高温合金等难加工材料。和传统汽轮机相比，燃气轮机的工件结构极其复杂，需要加工的部位非常多，很多不规则的工件几乎没有可以被机床固定夹紧的部位，这给铣削加工带来了极大的困难。

大家的压力都很大。之前厂里开了动员会，谁都知道这个项目不同以往，引进、吸收这项技术并且实现国产化，关系到国家安全，对于保障我国能源安全、改善能源结构、促进经济发展，也具有重要的战略意义。工期很紧，谁都怕出错，怕心血变成废铁，怕环环相扣的工序中，一个小失误会推倒一整排多米诺骨牌。偏偏这一天，铰刀卡在了工件里。

要钻斜的销孔只有铅笔芯粗细，精密镗杆伸进去就颤，维修手册上压根儿没有这种案例。董礼涛在机床前站了 6 个小时依旧一筹莫展，密合金孔洞中的断刃，就像扎在国家重点工程时间表上的毒刺。连续多日加班的他终于支持不住，一屁股瘫在椅子上，一秒钟就睡了过去。

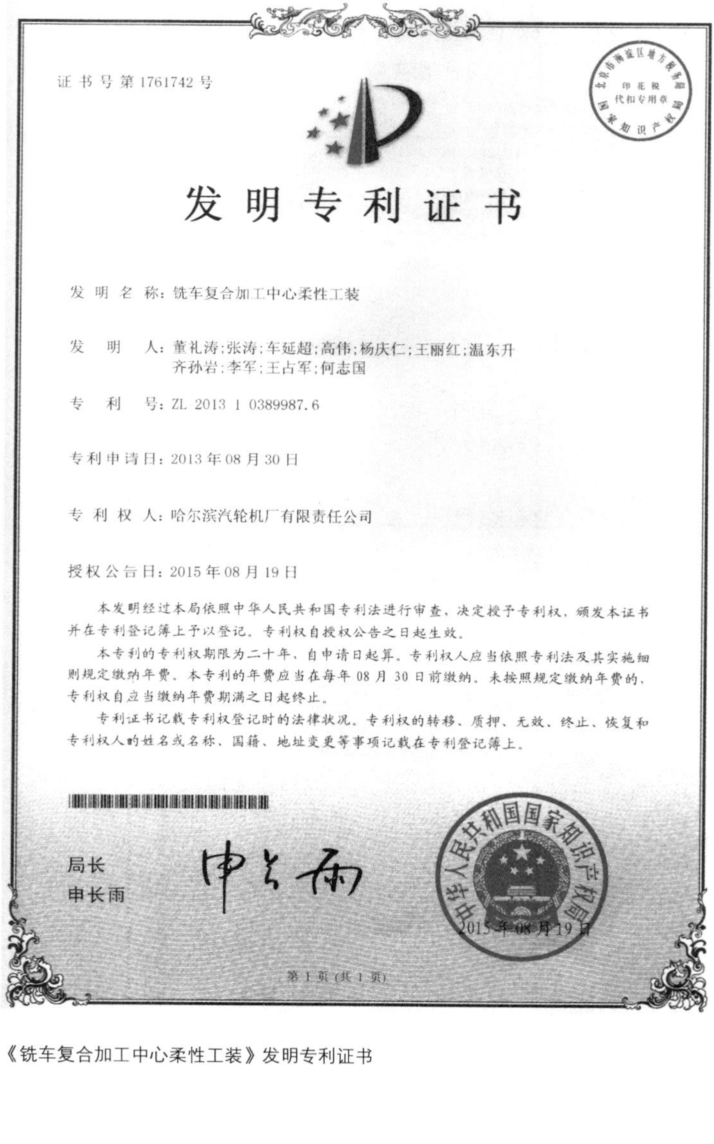

证书号第1761742号

发明专利证书

发 明 名 称：铣车复合加工中心柔性工装

发　明　人：董礼涛；张涛；车延超；高伟；杨庆仁；王丽红；温东升
齐孙岩；李军；王占军；何志国

专　利　号：ZL 2013 1 0389987.6

专利申请日：2013年08月30日

专 利 权 人：哈尔滨汽轮机厂有限责任公司

授权公告日：2015年08月19日

本发明经过本局依照中华人民共和国专利法进行审查，决定授予专利权，颁发本证书并在专利登记簿上予以登记。专利权自授权公告之日起生效。

本专利的专利权期限为二十年，自申请日起算。专利权人应当依照专利法及其实施细则规定缴纳年费。本专利的年费应当在每年08月30日前缴纳。未按照规定缴纳年费的，专利权自应当缴纳年费期满之日起终止。

专利证书记载专利权登记时的法律状况。专利权的转移、质押、无效、终止、恢复和专利权人的姓名或名称、国籍、地址变更等事项记载在专利登记簿上。

局长
申长雨

中华人民共和国国家知识产权局
2015年08月19日

第1页（共1页）

《铣车复合加工中心柔性工装》发明专利证书

齐孙岩不忍心叫醒师父董礼涛，帮他盖了件衣服，自己继续缩着脖子研究图纸。乌克兰专家留下的俄文图纸展开有十多米长，用铁扳手压着边角，像条银灰色长龙匍匐在水泥地上。他身后暖气片正卖力地嗡嗡响着，可温度计的红线始终在零摄氏度上下打晃。当时的哈汽车间还是20世纪50年代的老厂房，几经整修依然免不了四处透风。12月，外面零下20多摄氏度，丝丝寒意无孔不入。

忽然图纸哗啦啦的一声响，一阵寒风扑面而来。齐孙岩一抬头，只见董礼涛的另一个徒弟刘尚推门进来，头顶的安全帽结着层白霜，他跺了跺沾着雪水的劳保鞋，说：“乌克兰专家回邮件了！”

“咋说？”董礼涛一下醒了，站起来，膝盖撞在工具箱上，生疼。

“白扯，”刘尚摇了摇头，邮件里除了“严格按工艺执行”的俄式英语，就剩个公式复杂的振动方程，“说了等于没说。”

“这可咋整？”董礼涛把暖水瓶里最后的热水倒进搪瓷缸，盯着杯底几片浮沉的茶叶，烦躁地挠了挠头，又带下好几根头发。

齐孙岩看着师父日益稀疏的头发和越来越阴沉焦虑的

脸，心里暗叫不好：师父一发愁，脸色就吓人。他脸一沉，所有人都不敢说话。这车间已经这么冷了，气氛再降到冰点，没有人敢说说笑笑，漫漫长夜怎么熬得过去？

齐孙岩打定主意“赶”董礼涛走，说道：“这玩意儿，在别的国家也是经历了二十几年的不断改进、完善才成型的，我们一天两天哪干得好？与其在这里死耗，不如先回去睡一觉，等明天头脑清楚了，说不定就想出辙来了。”

齐孙岩边说边给刘尚递眼色，刘尚会意，忙接口道：“对对，您先回去，我在这儿顶着。明晚您在这儿，给我放个假。”

董礼涛晃了晃已经疲惫的脑袋，想到德国工人劳逸结合的工作态度，觉得徒弟说的也不是没有道理，办法不是靠时间“死耗”出来的。他“嗯”了一声算是默认了，便换衣服回家。

到家妻子问董礼涛要吃饭吗，说不知道他回家，要吃的话米饭需要热一下，再炒个菜。

“米饭吃一点，菜不用了。”董礼涛随口应着，顺势躺在床上，满脑子还是铰刀的事。但他累极了，米饭还没热好，已经打起鼾。也不知道睡了多久，他又迷迷糊糊地去上班，回到了机床边发愣。

“涛，你在干啥呢？”

身后传来熟悉的东北口音，董礼涛回头看见退休 3 年的钳工老周蹲在工具箱上，还是那件洗得发白的蓝色工装，手里盘着两颗生锈的轴承钢珠，“瞅你那眼珠子红的，跟兔子似的。”

董礼涛（右二）指导技术比武

“我铰刀折里面了。”董礼涛委屈巴巴地说。

“这还不好整？”老周用钢珠敲了敲工件，叮当声震得月光碎片簌簌掉落，“我给你支个着儿，找些高粱米，再拿一次性筷子，将高粱米粒粘到头上，再伸进去，一提就出来了。”

董礼涛听傻了：“这么神奇吗？一提就能出来？”

“试试不就知道了？”老周见董礼涛半信半疑，佯作生气，转身走了，丢下一句话，“干活得用巧劲儿。”

董礼涛拍了下脑袋，骂自己心直口快：老周是有经验的钳工，他说得多半管用，多问这一句做什么？试试不就行了。他又突然回过神来：“现在谁家还有高粱米啊？大米不行吗？哎哎，老周，大米行不？”老周不理他，一溜烟没影了。董礼涛没办法，想着先用大米试试吧。

这时，母亲叫他：“涛，吃早饭了！”

董礼涛答应着，心想，那正好有大米了。

可走到餐桌边却发现桌上是馒头，董礼涛有点失望，便去米缸找米。突然觉得不对，自己不是在车间吗？怎么又在家里？

东北大米粒粒分明，董礼涛抓起一把又颓然松开，终于意识到刚才的一切都只是一个梦。为了让儿子多睡一会儿，母亲一般都是做好早饭再叫醒他，所以他刚从梦里醒来。

米粒洒落时，在晨光中划出珍珠般的弧线。这个荒诞的梦境却在他的潜意识里撕开一道裂缝，20 年积累的机加工经验与梦境产生量子纠缠——振动频率、黏性材料、微小位移，所有元素在他脑海里翻滚、碰撞，火花四溅。

再次回到机床边时，董礼涛变得神清气爽，和同事说起昨晚的那个梦时自己也觉得好笑，徒弟们发现，师父的脸色好看多了。齐孙岩把不锈钢杯子递给他：“师父，喝水。”董礼涛说不渴，齐孙岩坚持道：“喝一口嘛。”

热水流过喉咙，董礼涛的气儿顺了，活儿也顺了。这个荒诞的灵感，让他想到用柔性材料抵消震动。多次尝试后，他终于将铰刀从孔道中取了出来。

之后的日子他继续夙兴夜寐，长长的图纸连缀起一个个全力以赴的昼夜，梦里也是图纸上千迂百回的线条，它们时而纠结缠绕，时而清晰分明，时而灵光乍现……在这件事的启发下，董礼涛根据机床本身的工作特性，减少工件的装夹次数，保证统一的基准，自行设计了一套工装。它的结构相对简单，制作方便，可以拆分、组合，应用到现有机床上，可以适应不同结构零部件的需要，巧妙解决了特殊形状零件的安装、定位、夹紧难题。

三年后，汽轮机厂生产的机组在中石油西部管道一次点火成功，这标志着国产化大型装备工业应用步入了一个新的历史阶段。

消息传来的时候，车间新换的塑钢窗已把寒风挡在外头，那卷起毛边的俄文图纸还锁在档案柜里。晨光穿透窗

董礼涛工作现场照片

户，在复合工装上折射出彩虹般的光晕，像给那些不眠之夜盖上的勋章。董礼涛摸着温热的工装，忽然想起那个荒诞的米粒之梦。这个故事后来被记者捕捉，写成通讯《董礼涛的梦》。旧报纸和专利证书放在一起，在厂史馆里生动地展示：梦想，就是“做梦都在想”。讲解员常常会讲起董礼涛的心得：“不是非得累死累活才能讨着好，苦劳并不总会计入绩效，成绩也不光是瞅你搁机床旁边待多长时间，关键得看你搁没搁心。站着就干活、转身就拉倒的人，很难实现梦想。”

如今，在“西气东输”烟墩站银灰色的燃压机组外壳上依然能找到哈汽的老车间印记。这套被工友们称为“变形金刚”的《铣车复合加工中心柔性工装》，获得了发明专利和实用新型专利，在之后哈汽承担的重点工程的动力系统制造过程中，都发挥了重要的作用，也使各地国产能源装备制造的批量化生产进程更快了一步。那些从冰窟窿里熬出来的夜晚，最终化作了万家灯火的温暖。

敢押上勋章当赌注的担当

荣誉越多，挑战越多；挑战越多，风险就越大。

但已经有了那么多荣誉的董礼涛，是否还愿意冒风险？

2020年春寒料峭时，哈尔滨汽轮机厂的车间里寒意更甚——他们与中国重燃公司共同研制的新型机组正遭遇一个重要关卡：在厚达40毫米的钢制压气缸上打48个直径1毫米的细孔，这本是机械加工范畴一个常见的“微创手术”，却因其要求孔深达到40毫米而演变成惊心动魄的攻坚战。

“您瞅这槽口打的！”数控小师傅皱着眉，两手撑着台面俯身端详，“说正经的，咱厂子现在接的活儿都得眯着眼拿绣花针捅咕了？”

董礼涛眉头紧锁，不吭声。普通钻头总长只有35毫米，若要拆卸缸体反向加工，需要动用特殊刀柄、多次装夹转运，这些额外的工序将一步步把工期拖长。

冷却液特有的酸涩气息弥散在拆解车间的每个角落，吊装夹具悬停在半空的倒影恰好笼住仪表屏跳动的倒计时——距离验收还剩91小时28分。

而项目的最后期限却张着血盆大口：每晚一天，厂里将多损失53万元。

没头绪的时候，董礼涛就会去工具间转转。角落闪烁的金属微光一闪而过，他的指尖掠过某格抽屉时突然顿

2018 年，董礼涛（右一）参加哈电集团第一届党代会

住，不知道哪次刀具展销会的赠品盒里，几根细细长长的钻头静如玄铁，仿佛历经岁月未改其寒芒的利剑。

“去看看，还有没有这样的钻头？”董礼涛在众人诧异的目光中将不起眼的钻头递到徒弟面前，“快去，每个店都找找。”

“最后一套存货，”不久，徒弟抱着陈旧发黄的纸盒冲进来，满脸狐疑，“是这种吗？ 14 块钱，20 支。”

7 毛钱一支的廉价钻头在盒底挤挨着，像几根误入机械世界的缝衣针，盒上连个商标都没有。徒弟又补充了一句，“老板都不记得从哪儿进来的。”

“对，也没别的辙了。”董礼涛点头。

“师父，真要拿这针绣花？”徒弟端来一杯浓茶，茶叶梗在杯底支着骨头。那根 65 毫米长的细针，在铁灰色天光里透着单薄，仿佛一使劲就能折断。徒弟那句本想咽下去的质疑又脱口而出：“用这种不知道哪个厂生产的绣花针钻精密部件？”

董礼涛将钻头举到灯下端详，流动的光晕缠绕着金属躯体。65 毫米长的纤细钢针在指尖的微弱光芒，让他的瞳孔燃起希望。他知道这是冒险：超 10 倍的长径比堪比百米高空走钢丝，铸钢内部暗藏的杂质可能瞬间折断钻头，更可怕的是不可逆的加工毁损。

“老董，拆缸加工虽然费时……”同事担心的话语被机床轰鸣声切割得断断续续，“唉，这责任太大了。”

董礼涛心里比谁都清楚，拆缸加工代价虽大，自己却不会担责。可如果用这么简陋的工具冒险，一旦失败，很

2020 年 11 月，中国一重来工作室参观交流

2022 年 5 月，董礼涛参加中国共产党黑龙江省第十三次代表大会

可能一世英名毁于一旦。这好比一个病入膏肓的患者，看不好没有人会怪医生，但如果医生用非常手段去抢救，救回来了自然皆大欢喜；救不回来，那最权威的医生也可能背上“草菅人命”的骂名，甚至惹上官司，断送职业生涯。

可面对一条岌岌可危的生命，真正的医者又怎会为了虚名和私利而袖手旁观呢？更何况自己倾注过心血，寄予过期望，并且它还背负着重大使命，凝聚着团队的努力。

深夜的操作台犹如孤岛，台灯在董礼涛肩头织出金线。他先在缸体上选了一个加工余量大的部位，做模拟性试验加工，第一支钻头扎入钢板时迸出橙红的火星。董礼涛俯身盯住跳动的数值屏，脊椎弯成机床上那道待加工的弧面。徒弟们看着师父屏住呼吸聚精会神的样子，联想到祖先在甲骨上刻字时的虔敬——每道刻痕都充满不确定性，但它影响着部族的前途，代表着悠远的文明，预示着未来的方向，它值得孤注一掷。

不知过了多久，当第一簇青烟从透孔涌出，车间爆发出欢呼声，操作台前的人却波澜不惊：“这才是第一步。”正式加工当夜，48 簇钢蓝火焰在压气缸表面次第绽开。每支残破的钢针都生出青铜器般的光晕。人人都惊叹这盒废

德玛吉完成国产首台重燃机组旋流器部件的铣序加工

重燃机组在加工斜孔 D8R2 钻平面

料的蜕变，却不知这是千万次震颤抛光的勋章。

“这可不像你，”宣布验收通过的第二天，上班时领导在厂门口等着董礼涛，“要是针断在半路……”董礼涛一下子听出了领导的言外之意：大师要爱惜羽毛。董礼涛笑着解释道：“这不也是没办法嘛，当时的情况就剩求神拜佛了。”

领导点头又摇头道：“唉，以后遇到这种危险的事，还是要谨慎，要三思。毕竟，你不仅代表你自己，还代表着整个厂，更代表着大国工匠。”

“领导放心，荣誉给了我，我自然知道怎么做。”董礼涛摸出贴身带着的党徽，金属棱角在掌心嵌出浅印，他戴上党徽走进车间。看着忙碌的同事，他心里百感交集：大家都在尽心尽力地工作，为什么荣誉偏偏给了自己？既然做了党员，当了劳模，当了大国工匠，就应该做那种有事时扛事的人，有风险时顶着风险上的人。我不上谁上？我有这个身份，就跑不了，有问题必须自己担着。

欲戴其冠，必承其重。事事担着，心里才踏实。

在此后的通气会上，“小投入大产出”的创新智慧被当作经典案例，当时的操作流程作为“特殊教材”被列入厂里的技术档案，7 毛钱的钻头化腐朽为神奇的转折被一次

董礼涛工作中

次地写进新闻报道里，给年轻的学徒们上了生动的一课。董礼涛在大会上发言："对于大国工匠的尊重，不仅仅来自权威或荣誉。真正让我们肃然起敬的，是敢押上勋章当赌注的担当。"

参与国家战略的荣耀，远胜名利双收的成功

成为全国劳动模范、全国技术能手，享受国务院政府特殊津贴之后，董礼涛立马成了各大公司眼里的香饽饽。

越出名，惦记的人越多。全国劳动模范表彰大会的红绸还没摘，南方一家上市公司的人力资源总监已经把江景房户型图摊在董礼涛面前："董工，武汉分公司总工的位置给您留着，年薪这个数。"

"谢谢，谢谢。"董礼涛眉眼弯弯地道谢。然后，就没有然后了。

同事戏谑道："三倍工资，外加安家费，你一点儿都不动心？"

"咋不动心？20多年前，厂子工资都欠着的时候，就寻思过了。"董礼涛笑道，"要说那时候都没走，如今半辈子砸在这儿了，还能让这些银钱票子绊住脚？"

20世纪末，东北重工业的寒冬至今历历在目。那会儿，

董礼涛还不算有名气，几乎所有的国企都不景气，工资迟发，人心浮动，他头一回收到了其他单位的工作邀请，只要点头，就能去职校当老师，还是事业编制。

“你考虑考虑，这样的机会可不多了。”学校人事部的工作人员开出待遇的时候志在必得，“按照现在的情况，工厂不需要那么多人，也不可能有这么好的条件。”

2016 年，董礼涛获得第十三届中华技能大奖

董礼涛没说好，也没说不好，只是有点想不明白：工厂怎么能不需要人呢？

董礼涛心事重重地往家走，动力区筒子楼的铁门冻得粘手，邻居窗户里飘出酸菜炖粉条的香气，他家的灶台却是冷的。只见妻子王香燕抱着哭闹的女儿来回晃悠，而床头的奶粉罐早已见了底。

2007 年，董礼涛在哈汽公司职工技术创新成果总结表彰会上发言

2020 年，董礼涛被授予“全国劳动模范”称号

“要不，我去当老师吧。”董礼涛把外套往暖气片上一摔，屋里太小，碰倒了奶瓶，当啷一声响，惊得女儿突然止了哭。

王香燕是从小被全家宠大的姑娘，经济上很少计较，她反过来安慰丈夫：“迟发工资的又不是汽轮机厂一家，没关系，家里开销总还是有的。再不济，我回娘家要点，你放心，爸妈肯定愿意贴补。”

“那哪行！”董礼涛心下烦躁，“当老师旱涝保收，比在机油里泡着强。”

“你高兴就好，”王香燕笑笑，又问，“你高兴吗？”

董礼涛愣住了。刚来这厂的时候，一心想着要走，现在真的有了机会，却发现自己并不高兴。他也说不清楚，从什么时候开始，这个念头淡了，消失了。

“我再想想。”董礼涛认真回忆了一下自己上技校和成人夜大时的那些老师，实在想象不出自己天天夹着本书备课上课的样子。

过了几天，王占军找董礼涛喝酒，董礼涛猜到师父大概也碰到了两难的事，便问道：“也有人找你去啦？”

“不是我，是我们，技术好的人家都要。”王占军拿出一份民营企业的合同草案，“杂七杂八算起来，收入是现在的三倍！”呵出的白雾里，他伸出三根手指头在董礼涛眼前晃，“隔壁车间的老刘都去了，光安家费就够买 10 台摩托罗拉的。”

老刘是两人的发小儿，董礼涛从王占军的语气中听出了动心，毕竟都要养家糊口，都想给老婆孩子更好的生活。俗话说，人往高处走，谁会对高薪不动心呢？但董礼涛也知道，即便王占军不停地强调民营企业的优势，内心深处还是说服不了自己痛下决心。

所以，董礼涛还是那句话：“我再想想。”哪怕自己也说不清楚，还要再想什么。

那段时间，很多人在谈论下一步怎么办，工位又空了几个。1958 年就进厂的老师傅有几分伤感：“从来都是人人挤破头想进来，谁想着会有这一天呢？”

下班经过车间光荣榜，玻璃橱窗里年度先进工作者的合影蒙了一层灰。照片上，王占军勾着董礼涛的肩膀笑得正欢。现在橱窗右下角的通知写着“本月工资延迟发放”，鲜红的公章比他俩胸前的大红花还扎眼。

董礼涛看了一会儿，对王占军说：“厂里的活儿总得有人干，对吧？咱们厂里干的都是大活儿，民营企业接不了。”王占军点头附和道：“咱们能干的活，别人干不了，所以它们才急着要我们。那咱们急什么？再等等看吧，真到了非走不可的那天，会干活的人也不会没人要啊。”

多日的纠结观望，反而让董礼涛和王占军看清了自己的内心：哈汽有他们倾注的青春、攻克的难题、成长的脚印，因为这里的平台和机会，他们练就了一身本领，所以有底气等一等，等国企改革的形势慢慢明朗，等这个历史

2008 年，董礼涛在进行数控卧式铣床操作

悠久、素来以为国造器为己任的大厂走出低谷，等时代发展带来新的出路。

这一等，便是很多年。

随着三项制度改革的持续推进，哈汽渐渐渡过难关，也承接了越来越多国家重点项目，与之对应的，是技术的突破和个人能力的提升。

董礼涛很庆幸，等一等，等来了转机；留下来，留住了为国家战略出力的可能。

2007 年，这位 35 岁的“老师傅”已经带出了自己首个“金字招牌”——由他独创的百万机组关键部件加工法，直接以他的名字命名并在全公司推广，成了行业里的技术标杆。

次年，哈汽二分厂设备升级改造，董礼涛被调到了 XK778B 数控卧式铣床工作。短短一个月内，他就“玩转”了新机床，还顺手把加工效率往上提了提。那年，他带队搞的“拉筋套筒”项目直接抱回公司科技进步奖，更惊艳的是把百万机组的核心部件从全靠外包变为自主制造，光这一项就给企业省下一大笔钱。最绝的改造是，他把原本需要 5 台高级数控机床才能搞定的活，愣是用自家 3 台机器摆平，不仅加工费砍半，效率还噌噌地往上涨。

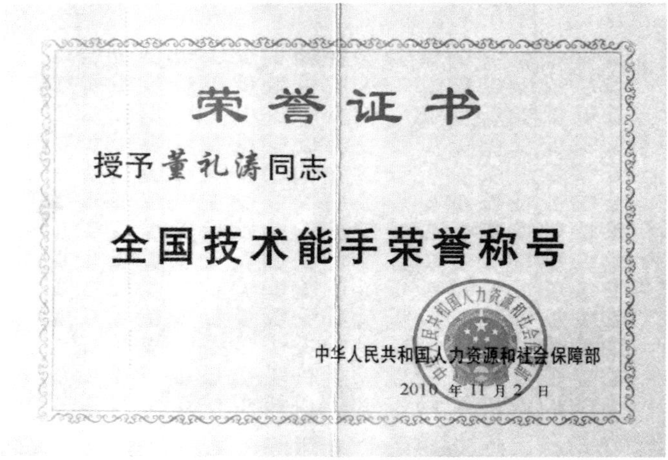

2010 年，董礼涛获得“全国技术能手”荣誉称号

2013 年，董礼涛获得国务院政府特殊津贴证书

之后，董礼涛彻底开启“国字号”剧本，从烧煤、核电站到太阳能，中国各种顶尖汽轮机都有他经手的零件。秦山核电站的超大机组里藏着他亲手打磨的叶轮，全国首台百万千瓦超超临界机组上有他的签名作。最牛的是他参与研发的国产30兆瓦级燃压机组，直接被业内奉为“制造

国产首台30兆瓦级燃气轮机

界的王冠明珠”——这可是让中国制造挺直腰杆的硬核成绩单。

这些年，董礼涛很忙、很拼，虽然头发掉了不少，但成就感满满。尽管绝大多数参与的项目都只能埋头苦干，不能对外宣扬，但每当那些大国重器进入公众视野时，望着落地生根的科技成果，那份与有荣焉的自豪感，丝丝沁入那雄心壮志里。

夙兴夜寐的间隙，前同事的近况不时传到董礼涛耳边：谁谁没混出名堂，转了一圈又回来了；谁谁在民企升职了，收入水涨船高，孩子都读国际学校了；最风生水起的是老刘，民营企业干了两年后自己创业了，他本来就技术过硬，出来后又积累了人脉，生意做得很不错。一切走上正轨后，厂里也不大管了，老刘迷上了单反，一年有半年满世界地溜达，大好河山拍了不少。

老刘重义气，逢年过节会请老同事吃饭，“老村长”“北大荒”换成了“茅台”，大家啧啧感慨道：“这才是成功人士！”

董礼涛倒不在意喝什么，只是老刘朋友圈里的星辰大海常常让他想起年少时的爱好。以前自己喜欢书法，也爱吹箫，还梦想像侠客一样仗剑走天涯，后来进了工厂，就变成了不停旋转的陀螺，重大项目一个接着一个，风花雪月的闲情逸致变得越来越远。

忙碌的间隙里，董礼涛会去翻翻老刘的朋友圈，那里有人生的另外一种可能。他也喜欢老刘这个人，打小就好玩，鬼点子多，生活精彩，每天都有滋有味。难得一聚，喝到高兴时，他常拍着老刘的肩膀说：“等我退休了，就跟着你，还像小时候那样，你带着我们玩。”

“必须的啊，”老刘每次都一口答应，“你天天在厂里不知道，好玩的事儿多了去了，到时候准保给你整明白。”

谁能想到，就这样一个简单的承诺，一向守信的老刘竟没有兑现。退休的时间还没有到，他突然因病倒下，再也没能醒来。

消息传来的时候，董礼涛盯着老刘的朋友圈半天没有回过神：这家伙，前两天才表扬他照片越拍越好了，他在用当年钻研机床的劲儿钻研摄影，还说要带我们出去玩，拍最酷的照片，怎么就撂挑子不干了呢？

世事无常，董礼涛常常会想起老刘，他真心欣赏并祝福好朋友的精彩人生，也为蓬勃生命的戛然而止痛心难过。当然，他从没有后悔过自己的选择。人生哪有什么两全之策？短短百年，不过教人取舍罢了。只是对于自己来说，参与国家战略的荣耀，远胜名利双收的成功，既然当时遵照本心作出了抉择，那就脚踏实地、全心全意地走下去吧。

第四章 薪火相传的温度

干三天就走的年轻人

2010 年以后，董礼涛明显感觉到，车间里年轻的面孔越来越多了。

其实车间里从来不缺年轻人，只是以前大家都低着头干活，一眼望去面目模糊。“90 后”“00 后”进入车间后，愿意表达观点，也常提各种要求，更容易被“看见”。

但这样的年轻人也越来越不好带。

有人因为“车间实在太吵”，提出不想干了。车间主任当笑话一样讲：“现在的年轻人就是太把自己当回事了，我们进工厂的时候，什么时候在意过车间吵不吵、环境好不好、加班时间有多长、有没有双休日？谁不是加班加点手脚不停，怎么到了这一代，一点苦都吃不起了呢？”

董礼涛想起自己14岁刚进车间那会儿，也是一肚子嫌弃，只不过当时面上不敢表露半分罢了。他扯了扯嘴角，不置可否。主任也不在意他的表态，指着正在机床边观摩学习的4位新人：“反正他们交给你了。”

那是2012年初春，厂区还是银装素裹，车间里也冷。董礼涛摘下手套，目光掠过4个年轻的身影，最终停留在最边上那个始终低垂的帽檐上。蓝色工作帽压到眉骨，像道拉闸的铁门，把年轻人的表情封闭在阴影里……

这是他们见习的第三天，一般来说，实习工人头几天没有具体的活儿，但多数人也不会干看着。只有这个黄小虎，别人扫地、擦机床时，他就像“焊”在铁凳子上似的，连抹布都不肯拧一把。

中午收工铃刚响，另一个叫李满昌的实习工人搓着皴裂的手凑过来说：“董师傅，食堂今儿有酸菜白肉，还有大包子。”

这个从黑龙江双鸭山市来的孩子总把自己收拾得利利索索，可崭新的工作服里，磨破的棉毛衫领口骗不了人。董礼涛“嗯”了声，扭头寻找另一个身影，一眼瞥见黄小虎已经插着兜往食堂晃，后脑勺翘起的头发丝儿似乎都在说“别搭理我”。

董礼涛看着黄小虎那吊儿郎当的样子就来气，忍不住叫住他：“你能不能干点啥呀？”黄小虎瞅了董礼涛一眼，又低下头，不吭声。董礼涛不再搭理黄小虎，只是继续留意着。到了下午，黄小虎既没坐，也没动，就是干站着。

这孩子够倔，董礼涛看在眼里，又觉得这种倔和当年的自己倒有几分像，他打算明天找黄小虎谈谈。

可第二天没见黄小虎，董礼涛有点恼火，问：“怎么不见人也不请假？”李满昌怯生生地回答：“他不来了。”董礼涛皱起眉头，又问：“不来了是什么意思？”李满昌迟疑了一下，说：“就是不想来干的意思。”

董礼涛愣住了：“就因为我昨天说了他一句，他就不来上班了？”

李满昌嘴笨，低着头不说话。

“不来就不来吧！”董礼涛哼了一声，面上毫不在乎，心里却开始嘀咕：是不是昨天话说重了？但昨天自己也不过说了一句“你能不能干点啥”，作为一个实习生，如果受到师父的批评就跑，到哪儿都干不长；如果内心不愿意进厂房，也不认可工人身份，那也就拉倒吧。工厂需要人，但也不是啥人都需要。如果心不在这儿，很多事没必要苦口婆心地教。

可那个孩子到底是咋想的呢？董礼涛没有机会再问了。

2013 年，董礼涛在查看图纸

再想起黄小虎这个名字是多年以后，有同事批评董礼涛，又把新来的孩子吓坏了："人家是姑娘，就不能给个好脸色？"

"啥？"董礼涛完全没反应过来。

顺着同事指着的方向看去，董礼涛想起来，两分钟前，确实有个人噔噔噔地向他过来，眼瞅着要到跟前了，却紧急转变方向，绕个弯过去了。那会儿董礼涛正在想事儿，就知道来了个人，也没在意是谁。

"你说你干啥呢？"同事不满地控诉，"咱们车间里好不容易来了个姑娘，再给人家吓跑了。"

董礼涛莫名其妙，问："我干啥了？啥也没说，啥也没做，我想我的事，怎么就吓着别人了？"

同事叹了口气道："你这人吧，脾气不坏，也不爱说重话，就是这脸色……"

"我？"董礼涛对着洗手间的镜子左照右照，"我是动不动给人看脸色的人吗？"

那天下班，坐电梯时董礼涛又看了一眼镜子里的自己，果然眉头紧锁，脸黑沉着。

回到家里，董礼涛和妻子、女儿说起这事："我的脸一直这么臭吗？"女儿和妻子对视一眼，把头埋在碗里笑。

“你们也这么觉得？”董礼涛不服气地追问。

女儿说：“爸，你还记得那天到我们学校看晚自习的事吗？”

董礼涛印象很深刻，学校有要求，家长需要轮流到教室看着同学们上晚自习。记得那天轮到自己，他往讲台上一坐，教室里鸦雀无声，一直到下课铃响，孩子们都特别自觉。他还在想，孩子都这么大了，还需要人看？

“哪是我们自觉，是你看起来实在太凶了，他们大气也不敢出。”女儿挤眉弄眼地描述董礼涛当天的表情，笑得肩膀都抖了起来。

这么一说，董礼涛又想起来前几天的一件事。女儿的几个同学来家里玩，原本大家都说说笑笑的，他一推门，拖鞋还没换呢，气氛瞬间冷了下来。

“那天你们都不说话了，也是怕我？”

“不是怕你是怕啥？”妻子伸手挼了挼他眉间的皱纹，“你都不知道，你这眉头一皱，眼神从眼镜片上斜出来瞅人的时候，有多不高兴。”

“我那是在想事，厂里有事，发愁呢。”

“我们知道你是在想事，在愁厂里那些麻烦事，不是生谁的气，和谁都没关系。可是别人不知道啊，别人只会觉得你一肚子不高兴。”

难题是解决不完的，因为长年累月地想事，董礼涛的额间已经出现了一条东非大裂谷般的褶皱，每晚睡觉前，妻子都帮他捋一捋。可第二天上班，他的眉头又皱起来了。

晚上看着镜子中的自己发愣，董礼涛是一个专注的

2015 年，董礼涛（中）和同事在研究新的加工方案

人，读书时专注于学业，和同学疏远；后来专注于技术，遇到麻烦发愁，自个儿想，脸就黑着，谁也不管。是不是因为这个，让一些年轻人都绕着自己走呢？

董礼涛掏出手机，“黄小虎”的名字还停留在2012年的春天，他记得那天下班时，年轻人蓝色的安全帽在雪地划出的弧线。自己琢磨着第二天怎么好好找他聊聊时，一定也是眉头紧锁。董礼涛隐约记得黄小虎看了他一眼，什么也没说，这是他们的最后一次见面。

年轻人不会因为师父和颜悦色就留下来，但他会不会因此敞开心扉，说一说为什么不想干呢？

对着镜子，董礼涛又揉了揉自己的脸，龇牙咧嘴，努力挤出一个平易近人的笑。

从“不打不成器”到“容错不容懒”

“董大师，你咋了？”董礼涛“平易近人”的笑让李满昌有点发怵，“有啥用得上我的，您尽管开口！”

“我以前是不是看起来很‘凶’？”董礼涛没头没脑地问李满昌。

“是……吧，”李满昌试探性地看了看董礼涛，“但那是以前，那件事后，我知道你其实一点儿也不凶。”

“那件事”把两人的思绪拉回到多年前的那个深夜——

昂贵的红外测头被摔成三瓣，散落在地，折射着顶棚惨白的灯光。失手犯错的李满昌像被焊死在操作台前：“师父……俺赔……”

董礼涛蹲下身，把碎片一块块地捡起来，拿纸包好。赔？这个新来的年轻人怕是还不知道，这个巴掌大的测头出厂价 6 万元，市面上动辄卖 10 万元，比一辆小轿车都贵了。董礼涛之前听同事说过，李满昌家是农村的，一家种地，父亲年纪很大了还在砖厂干重活。这孩子初中没上几天就出来打工了，好不容易进了这个大厂，没干几天就摔坏了精密仪器，一分工资都没领过，拿什么赔？

但眼下最棘手的不是价格，是这样的重大失误要计处分的。李满昌学历不够，算临时工，直接开除都有可能。

“唉，开除就开除吧。这孩子其实挺笨的，基础也差，刚来啥都不懂，认个 ABC 都勉强，也算不上有眼力见儿，总是怯生生地凑上来，又不如别的徒弟嘴甜，教他都费劲。”董礼涛沉着脸，不耐烦地摆摆手，打算公事公办时，脑海中却浮现出另一幅场景：李满昌坐在车间角落，边啃冷馒头边学习，昏暗的灯光正对着他干裂的嘴唇，草稿纸上爬满歪歪扭扭的图纸和符号……

董礼涛轻轻地叹了口气，再怎么说，也是个用功肯学的孩子。李满昌珍惜这份工作，知道自己底子差，一直在拼命补课，不知道费了多少劲才进了这个厂，挺不容易的。

“知道这玩意儿为啥比小轿车还金贵不？”见李满昌茫然地摇头，董礼涛捻起一块残片：“不知道就啥也别说，这件事我来处理。”

三天后，董礼涛将一个完好的测头放在操作台上。李

董礼涛（右一）在现场指导作业

满昌瞪大眼睛，难以置信地看着师父，声音还是打着战，问道：“这是您自己买的？”

“你真看得起我，”董礼涛哼了一声，“我有这么多钱吗？”

裤兜里售后经理开的维修单子已被揉成一团，董礼涛扯开了话题：“明儿开始，夜班你跟我学编程。”

但这孩子死心眼儿，依然追着问：“师父，到底多少钱啊？”

董礼涛只得正色道：“这事儿过去了，我不希望你们出错，但我能容忍出错；我不能容忍的是不上心、不认真。你们太年轻没经验，对很多事预估不足，出了岔子就当交了学费，接下来，就要好好学，而不是一直想着交出去的学费。”

数年后，市里的技术比武现场，大屏幕跳出分数时，全场掌声雷动。当年做什么都赔着小心的李满昌后来因为技术出挑被电机厂看中，如今已是厂里备受关注的技术骨干。评委席上的董礼涛看到李满昌站在领奖台上举着奖杯时自信从容的笑容，脑海里又一次浮现出李满昌蹲在车间角落，就着凉水啃硬馒头的样子。油脂麻花的笔记本摊在膝盖上，上面的一笔一画都铆足了劲。

散场时的人群里，售后经理突然凑过来问：“那事儿后来跟他漏过风没有？他知不知道你为他担了这么大风险？”

当年，董礼涛为了李满昌欠了这位经理好大一个人情。董礼涛知道每个售后经理手中有一定的损坏额度可以免费修理或换新，便求着对方用一年的额度补了李满昌摔坏的测头，并以自己的专业水准承诺，这一年里若再有损坏，都算他的。

“他知不知道有什么打紧的？关键是打那以后，他既长了记性，又长了脑子。”董礼涛望着人流中谈笑风生、朝气蓬勃的年轻面孔，“老一辈手艺人信‘不打不成器’，到我这辈，相信‘容错不容懒’。师父太凶太严，徒弟就容易畏畏缩缩迈不开步子，但这年头，光循规蹈矩不出错哪够，得创新，得想不一般的辙。”

“董大师啊董大师，你咋对李满昌这么好呢？”售后经理拍着他的肩啧啧感慨。

“这话说的，我对谁不好啊？”董礼涛咧着嘴，心情很好地接话。这时一个高高胖胖的“大块头”在不远处一闪而过，他笑容一滞，知道对方一定看到了自己，还像之前一样假装没看见，一定是觉得自己对他“不好”吧。

唉，这么多年了，小乔还膈应着。

小乔也是职工子弟，早些年厂区后面的职工宿舍还没拆，小乔家和董礼涛家住前后楼。两人一起上夜班时，小乔常捧着保温桶，里面是董礼涛爱吃的酸菜馅饺子，工作服兜里揣着洗干净的苹果。一起下夜班时，小乔必把董礼涛送到楼道口，等他进了单元门才转身回自己家。那会儿董礼涛还不是劳动模范，更不是班长，小乔的细致殷勤确

董礼涛在操作设备

实温暖过他粗糙的心。

董礼涛当班长那天，班组会上宣布任命时，小乔鼓掌鼓得最响，手心都拍红了。当时，二分厂正进行大规模的设备改造，分厂把一个全智能数控机床班交给董礼涛管理。如何带好这个团队，快速掌握操作技能，开发机床技术性能，承担关键生产任务，董礼涛煞费苦心。可谁都没想到，第一次月度考核，小乔的评分就垫了底。

“设备保养记录三次未填，作业流程跳了两个步骤。”董礼涛把考核表递给他时，小乔正往他茶杯里续水，热水壶嘴颤了颤，在表格上洇出个茶色圆斑。

那时董礼涛所有的心思都在刚总结出的班组管理制度上。新拟定的班组巡回检查记录，可以使班组管理可视化，也更人性化，为员工绩效评定提供了依据。他完全没意识到小乔的心里有了疙瘩，直到连续几次，小乔的考核评分都不好看。

更衣室的铁皮柜后传来闷响。有人看见小乔把安全帽摔在地上，又捡起来掸灰，带着不高兴的口吻说：“董哥这是新官上任三把火呢。”这话顺着车间的排风扇转了三圈，飘到董礼涛耳朵里就成了带着冰碴子的北风。

但董礼涛并没有放在心上，总觉得这么多年的交情，不至于为这点小事翻脸，这孩子顶多闹个小脾气。很快到了年底，年终考评出来，整个班组收获满满，创新项目有二十几项，分厂举办的数控车工培训，班组派了8个人参加，有7个人受过奖励，还有1个人在国资委举办的职工技能大赛上获得哈汽公司同类比赛历史最好成绩。努力的人得偿所愿，但垫底的人依然垫底。

年终聚餐还是选在了常去的烧烤店，玻璃转盘上摆满了酱骨架和肉串，大家的兴致都很高，热热闹闹地喝酒撸串，推杯换盏，只有小乔缩在角落里扒拉醋熘白菜，一声不吭。

“乔啊，不给班长敬个酒？”有人起哄。小乔的塑料酒杯在指间转了三圈，忽然抬手自己喝了，满桌人举着酒杯僵成石膏像。

“你不敬我，那我敬你吧。”董礼涛拎着白酒瓶子站起来，倒了满满一杯，68度的“北大荒”滑过喉咙，烧出条火辣辣的通道，他接着说：“小乔啊，缺啥少啥上我家拿去，我不给你，你嫂子也不干。”董礼涛的意思再明显不过，有啥需要可以上家拿，但单位不行。咱俩好，是私人关系好。但你在单位不认真，就是不行。这话大伙儿都听懂了，小乔也听懂了，他将杯中酒一饮而尽，说道：“你

工作室部分成员合影（前排右五为董礼涛）

这都成劳模了，你当然怎么说都行。可劳模能有几个啊？咱们这帮小工人，干好干赖也当不上厂长，一辈子也就这样，还犯得上像你那么玩儿命干哪？”

散场时雪下得大，董礼涛结完账追到公交站时，小乔刚好上车。小乔看到董礼涛在雪地里深一脚浅一脚地赶来，却没有停留。车门关闭，公交车碾过雪水泥浆，尾灯在两人之间拉出猩红的裂痕。

年轻技工的困境

李满昌也问过董礼涛：“当初我和你刚认识，我不聪明，也不能干，更没什么背景，你为啥要帮我？”董礼涛说：“你踏实，肯干，心定。”

李满昌苦笑：“我出身不好，没有别的选择，我爸要是像黄小虎爸那样坐办公室的，我的心也不定。”

徒弟的坦诚让董礼涛深有触动。这些年，自己带的徒弟越来越多，对年轻人的了解也越来越多。很多原本看不惯的事，他也渐渐理解了前因后果。

“一步错步步错，当时总想着考大学，本科上不了，上个大专也行。上了才知道，大专能和一本、二本一样吗？”曾有年轻的徒弟在一场大醉后，红着眼掰着手指头

董礼涛（右）在经验交流会现场

算账，“十八九岁上大专，混两年理论，顶岗实习刚摸到门道就毕业；进了车间从头学起，没个三五年出不了师；等能独当一面都二十六七岁了，工资刚够糊口；处对象人家姑娘问‘师傅您贵姓’，怎么听怎么别扭。”

董礼涛想起自己刚入职那会儿，想上大学，上个技校也满心不甘，但到底进国营大厂成为“正式工”是人人都羡慕的事。但现在的这些孩子是在互联网时代长大的，从小见识就多，诱惑也多，不甘心走上一代的老路，又不知道新的出路在哪里。

这些年，董礼涛也一直在思考，既然国家这么缺技术人才，为什么那么多年轻人依然把成为技术工人当作人生的“不得已而为之”呢？

可能多数人，从一开始就错过了职业启蒙的黄金期。董礼涛是在大厂的宿舍区长大的，可在进入技校前，他也不知道父母具体是干啥的。职业启蒙要趁早，德国小孩在幼儿园时就玩木头机床了，我们的孩子在填高考志愿时都不清楚自己将来想干什么，能干什么。他提议在中小学校园办“车间开放日”：“摸到真正的铁疙瘩后，娃儿们才会知道，家里的空调、电视、洗衣机不是从快递箱里长出来的！”

也可能很多技术工人，不知道自己努力的方向在哪里。在南方某制造业名城，董礼涛见识过让他羡慕的“工匠生态”：人家能大老远地把职业院校的毕业生接到工业社区，提供免费培训和食宿，然后安排实习岗位，不适应的还可以换。孩子们真正进厂后，也有明确的职业规划，待遇也会跟着本事水涨船高。很多高级技师能住人才公寓，拿特

董礼涛（右二）在进行设备操作

殊津贴，还能积分落户，买房有补贴，孩子能就近入学。但有这样待遇的城市并不多，难怪有徒弟抱怨：“人家八级工下班开宝马，咱们八级工下班开摩的。干这活有什么劲儿啊。”

但让董礼涛更忧心的，还是有些职校的“半真空”状态。去年走访某职校，校领导骄傲地展示斥资千万元打造的实训中心，董礼涛却在机床角落发现蛛丝马迹：德国进口的机床，铁屑槽干净得像大姑娘的梳妆台。他问学生加工过啥零件，孩子支支吾吾地说怕刮花设备。他的脸拉了下来：“这不扯犊子吗？铁屑是机床的脚印，槽子越埋汰，本事越扎实。包装膜都没撕的实训基地，能教出有真本事的金凤凰？”

在长三角的技师学院，董礼涛见过截然不同的场景：美发专业的实训室就是发廊，学生真能上手给客人理发；烹饪系的灶台从早到晚飘香，隔三岔五都能去大酒店抡锅铲……那些网红专业，孩子们都是真刀真枪地在拼。但到了重工业领域，某些实训基地和大师工作室整得跟科技馆似的，只让人看，不让人干，学生进去连大气都不敢喘，这哪是培养工匠？分明供着菩萨！

还有些学校专攻大赛，仿佛职业技能大赛就是职业教

董礼涛（中）工作中

育的 KPI、招生的活招牌。但获奖选手真正到了车间也未必是一把好手，带他的师父私下抱怨：“比赛考啥，学生就长年累月地练啥，但真到了车间，难道就干一个活？比赛零件比绣花还精细，可车间批量生产要的是又快又稳。比赛指定使用的品牌刀具，厂里哪经得起批量用？这不跟让厨子比赛雕豆腐，回家还得掂大勺一个理儿？”

董礼涛记得，某次校企合作洽谈会，企业代表直言:“我们要的是能直接上手的‘成品’，不是还得回炉的‘毛坯’。”校领导反呛:“你们不给实习机会，我们咋培养‘成品’?”于是问题一直存在，好企业不愿意要生手，普通企业留不住熟手，毕业生在流水线和外卖站之间打转。

董礼涛心里明明白白，哪能人人都上985、211呢?就是这些孩子——职业大专院校及以下的学子，这些最普通的年轻人才是社会最广泛的一个群体，代表着中国工业最基础的生产力。尽管在高校的金字塔中，他们身处的学校并不起眼，尽管这些年轻人的奋斗夹杂了无数辛苦与心酸，但他们一样是全家托举的希望，甚至是一座寂寥村庄的光芒；他们努力、认真、坚韧，其蓬勃的生命力所蕴含着的巨大力量，足以迸发出各种可能；他们的信念、理想、精神状态、生存空间、命运前景，社会给他们提供的机遇和条件，以及他们实现人生愿望的可能性，影响着中国最基本的底色，关系着我们国民素质和国家生产力的提高，也是决定一代人命运的关键。

董礼涛很想为他们的个人发展出一份力，哪怕自己能做得非常有限。

校企合作

哈尔滨汽轮机厂有限责任公司董礼涛劳模和工匠人才创新工作室和哈尔滨理工大学高效切削与刀具开发劳模创新工作室举行联盟签约仪式（右一为董礼涛）

造就一支宏大的新型产业工人大军
当好主人翁 建功新龙江 振兴哈尔滨
哈尔滨市第十七届职工技术运动会
数控车工、多工序数控机床操作调整工
实际操作比赛赛场
主办单位：哈尔滨市总工会 哈尔滨市人力资源和社会保障局
承办单位：哈尔滨职业技术学院
2021年9月6日

未来的技能之星

发现问题比解决问题更不容易

从多年前被厂领导要求带徒弟参加厂里比武时起，董礼涛就开始意识到，那把铣刀的温度始终连着技艺传承的使命。匠心如烛火，唯有薪火相传方能永续光明。新时代高技能人才培育不仅关乎个体成长，更是支撑制造业转型升级的战略任务，由此构建起系统化的工匠孵化体系。

2006 年，面对精密加工的技术壁垒，董礼涛集结车间骨干，成立了“铣工工作研讨小组”。机床旁的热烈讨论，最终变成泛黄笔记本里密密麻麻的解决方案。到 2009 年，这些经年累积的智慧结晶，终于在公司工会支持下汇编成册，成了哈汽一线铣工技术交底的“心传密码”。2013 年，铣工工作研讨小组发展为“董礼涛国家级技能大师工作室”。作为工作室的带头人，他每年为工作室制订人才培养规划，为每位成员制订“名师带徒”活动计划书。

能成为董礼涛的徒弟，真的可以少走很多弯路。

遇事不决找“董哥”，若“董哥”不在，徒弟王世宇便熟门熟路地推开“董礼涛国家级技能大师”工作室的门，到柜子里去找那些泛黄的笔记本——这些摞起来足有 1 米多高的笔记本，是董礼涛用 15 年光阴淬炼出的“武功秘籍”。

王世宇至今记得第一次翻开那本“避坑指南”时的震撼。5000 余页的分析总结，卡夹具的微妙震颤、铣削参数的黄金比例、刀具角度的致命误差，全被转化成鲜活的图文。

那是市里技能比武前夜，训练车间的白炽灯在铝合金

2013 年，“董礼涛国家级技能大师工作室”挂牌

2021 年，董礼涛（右四）受聘为哈职客座教授

毛坯上投下焦虑的阴影。5个徒弟围在数控铣床前，盯着图纸上那个看似平常的销轴发愁——按常规该用立铣刀分层切削，但加工效率始终提不上去。

“思维别困在铣床坐标系里，”董礼涛的食指突然戳向图纸，“这里得用车削。”5个徒弟面面相觑——谁不知道他们是铣工？难不成明天会考他们车工？董礼涛却从一沓笔记中抽出一本，找出相似的案例：“这里考的是综合机加能力，若图上的销轴还用铣的方式，加工效率和表面质量都不高，如果用车就会快好很多。”

比赛当日，组委会摆出车床刀具的瞬间，徒弟们真正理解了师父常念叨的话，“活学活用四个字，可不是挂在墙上的标语”。因为准备充分，徒弟们获得了哈电集团多年来的最好成绩。

董礼涛看着徒弟们在领奖台上意气风发的样子，就像看到当年的自己。如果不是接连在比武中获奖，他可能从一开始就失去了对工作的热情。赢，能给人信心，有了信心，就有不断坚持下去的动力。这是他自己走过的路，希望徒弟们青出于蓝，那就努力让他们赢！

“想赢是没错，可要是想赢的人私心太重呢？”曾有徒弟愤愤不平地问过董礼涛。

2021 年 11 月，董礼涛大师哈职工作站签约仪式（左一为董礼涛）

那会儿，某位年轻技工将董礼涛指导的一个项目申报上了专利，却只署了自己的名字，这个做法引来了不少非议。当时，这位技工来请教时，董礼涛认为这个问题很有价值，带着团队研究多日，提出了解决思路，并毫无保留地分享给所有同事。他付出的时间和心血有目共睹，而这位技工却在问题解决后一声不响地报了专利，丝毫不提董礼涛的贡献。

年轻徒弟的不锈钢茶杯在桌上砸出闷响："往严重了说，这叫欺师灭祖！"

"哪有这么严重？"董礼涛笑着泡开一壶茶，"技术也好，思想也好，流动起来才有生命，就像铣削液得循环才有降温的作用。"

徒弟依然不服气，说："再怎么说，这也是集体的智慧。"

"计较那么多干什么？"董礼涛将泡好的茶倒进年轻人的杯子，"发现问题比解决问题更不容易，解决问题需要经验和技能，而发现问题要创新，要独辟蹊径，我们现在缺少的就是创新。从这点看，发现问题的人更了不起啊。你们以后谁发现问题，我就请谁喝茶。"

徒弟不吭声了，他想起来，有好几次师父带队摸索出新工艺，却主动将专利署名让给年轻人。虽说那小子招呼也不打委实有点不地道，可如果申报前来汇报，结果应该也是一样的。

董礼涛鼓励年轻人发现问题，他泡着茶，熬着夜，和他们一起研究。茶香氤氲间，越来越多的国家专利从这间工作室中飞出，带着主人刻意抹去的指纹。工作室成立13年来，取得了国家专利40余项，推广创新245项，命

2022 年 7 月，董礼涛（中）在哈职与学生交流

董礼涛（中）与工作室成员研究技术创新

董礼涛（中）与工作室成员学习交流工匠精神

名操作法3项，为公司创造了8000余万元的经济效益。其中，有2项技术成果获得全国机械工业职工岗位技术创新成果三等奖和中国机械工业科学技术三等奖。如今，工作室培养的越来越多的徒弟成为集团技术工人的骨干力量，其中晋升技师、高级技师的就有26人，这是董礼涛最值得骄傲的事。

若年轻人在这一行能获得荣誉、得到认可、实现价值，他们就在这条路上能走得更踏实更远吧？

当然，如果能在他们还是学生的时候加以引导，他们在踏上这条路的时候会不会更有信心？

2021年，在哈汽公司和哈尔滨职业技术学院领导的大力支持下，“董礼涛技能大师哈职工作站”正式运行。

作为客座教授，董礼涛的课大多设在学院的实训车间，新生进来的第一课，他就在数控铣床前让学生们触摸不同材质的切屑：“这进刀啊，可不兴使蛮力招呼，得跟材料磨性子。然后你就知道，不同的材料，不同的技巧，你得顺着来。磨了性子，你还得会动脑子，想出新点子，然后才能挑起大梁，你才会变成无可替代的宝，不是随手能抓一大把的螺丝钉。”

董礼涛会讲自己参与过的那些国家重点项目，讲从普通

董礼涛（中）与工作室成员一起解决生产难题

铣工工作小组研讨技术问题（左二为董礼涛）

董礼涛（中）在哈尔滨市第十六届职工技术运动会理论考试考场

工人到大国工匠的每一步，讲能够为国家战略出一份力，是一件多么值得骄傲的事。不是所有职业都有这份荣耀，当那些家喻户晓的大项目、大工程开始影响经济、服务民生时，为此废寝忘食的日日夜夜会成为你生命中最闪亮的勋章；当你确定自己的努力"功在当代、利在千秋"时，那种实现价值的自豪感，是再多的报酬都无法替代的。

"这些年总在琢磨三句话，"董礼涛轻敲着机床，金属撞击声在车间回荡，"咱们是谁？咱们是给国家造'骨头'的铁匠。咱们依靠谁？得靠真材实料的手艺吃饭。咱们为了谁？"他望向墙上"劳动创造幸福"的标语，"为了不让中国制造成了没魂儿的空壳子！也为了不让自己的理想变成没有真本事支撑的空想。"

机床轰鸣，铁屑纷飞。在这个被人工智能和虚拟现实重构的时代，大国工匠的期盼，正随着切削液的雾气升腾，凝结成中国制造最扎实的基座；在工作台上那摞永远在增高的笔记里，在刚与柔的交替缠绕中，冰冷的技术被焐成了温暖的传承。

第五章 精心工作，精彩生活

“我惯着你”

董礼涛30余年如一日的专注，背后离不开妻子王香燕的默默付出。当他获评2023年“大国工匠年度人物”时，身处央视发布会聚光灯下的王香燕，以唯一受邀家属身份向观众席深鞠一躬，将同甘共苦的岁月融入温柔眼波。

当着全国观众的面，王香燕说把丈夫当孩子，惯着他

董礼涛在 2023 年“大国工匠年度人物”发布活动现场

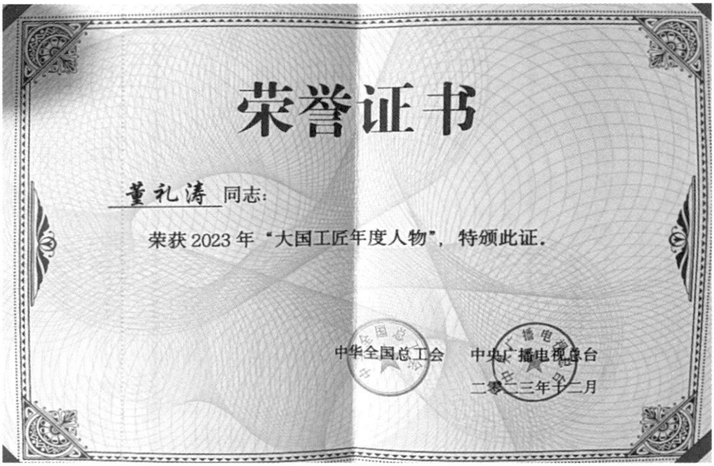

董礼涛荣获2023年"大国工匠年度人物"证书

宠着他。董礼涛笑眯眯地补了一句"惯得也挺成功"，转头望向妻子，眼窝发烫。

董礼涛知道，王香燕也是从小被惯着的孩子。

两人相识时，董礼涛还是个普普通通的小工人，王香燕已是开着幼儿园的"小富婆"。相亲见面时，董家很重视，见了人家姑娘说什么，手怎么放，母亲叮嘱了一遍又一遍，最后不放心，陪着一起来。王香燕是闺蜜陪着来的，她倒是一点儿也没放在心上，说：“喜欢就处着，不喜欢就拉倒，这有什么？”

和董礼涛一样，王香燕也是家里最小的孩子，上面有两个姐姐一个哥哥，从小是全家的“团宠”。和董礼涛一样，初中毕业也没有考上喜欢的学校，但她不认命。去报到那天哭着不干，她才不喜欢那个什么制药专业，她不要做药剂师，不想在封闭的药房里干一辈子。

“这是多少人求也求不来的铁饭碗！”父亲唉声叹气地拍桌子，却也为王香燕办了退学手续，最后还是把她塞进了刚成立的区幼师培训学校。哥哥还专门给她找了个珠心算的老师，说是南方都兴教孩子这个。

王香燕毕业后，全家帮忙为她开了一个幼儿园，从此小公主变成了“孩子王”。哥哥果然有眼光，20 世纪 90 年代，学前教育得到了空前重视。周末的补课班最是红火。每到周六清晨，家长们就领着孩子来占座位。王香燕教当下最流行的珠心算，粉笔灰落在她新烫的卷发上。家长们自发组织招生，租用厂办幼儿园的教室，每月竟能招到 60 多个学生。月底算账时，她总要反复核对账本——3000 多块的收入抵得上普通工人半年的工资了。

相亲的那一天，董礼涛特意穿了时兴的牛仔服，口袋

董礼涛和妻子王香燕

里揣着刚刚发下的工资条：基本工资458块，夜班补贴173块。国营大厂的正式工是他的优势，但这点优势在巨大的收入差距前简直不值一提。

董礼涛拘谨地问王香燕家住在哪里，得到“松罗堡”的回答后恍然大悟道：“怪不得，我在那里摔过两跤，我说我怎么会在同一个地方摔两次呢，原来是你在那儿。”

这个笑话很冷，急得董妈妈连扯儿子的衣角。王香燕却笑了，她发现这个人有点意思，又问对方的工作。这下问到了点子上，董礼涛一下子滔滔不绝，说起能把航空螺丝的误差控制在0.01毫米时，眼睛亮得像机床上的指示灯。

闺蜜并不看好这个小伙子，但王香燕觉得他好玩，可以处处看。哪知第一次约会就出了岔子。两人在松花江畔抗洪纪念塔边走散了，王香燕打寻呼机也没有人接，在零下20摄氏度的寒风里转了两个小时，直到卖糖葫芦的老汉第三次提醒：“姑娘，再站要冻成冰灯啦！”

王香燕不是喜欢纠结的性子，决定当面问个明白，第二天上完课便按照地址上门了。还没到下班时间，汽轮机厂家属区一片寂静，连个人影都看不见，她越走越心慌，越走越委屈，敲门的瞬间差点哭出声来。

好在董妈妈用布满茧子的手焐热王香燕冻僵的指尖，还端出搪瓷缸装的红糖姜茶，怪起儿子：“他找不见你还以为你回去了，然后就回厂里加班了。他啊，就是实心眼，不会转弯！”王香燕扑哧笑出了声。当晚，董礼涛攥着半个月工资站在秋林百货柜台前。深棕色羊皮马甲标价 268 元，他数了三遍钞票才递出去。母亲叮嘱，这姑娘从小被捧在手心里，她的衣服一看就是大商场或精品屋买的，得送她好东西才能体现心意。

但很快，王香燕就不在精品屋买东西了。1996 年，幼儿园这一带拆迁，推土机的轰鸣声震碎了贴着米老鼠的墙壁，自此，王香燕失去了体面的工作、丰厚的收入。她泪汪汪地问董礼涛：“你会不会不要我？”“为什么会不要你？”董礼涛奇怪地问，“我还有工作，养得起你啊。”

1997 年，两人结婚。当具体的柴米油盐扑面而来时，王香燕才发现他们的差距有多大——

婚前，王香燕连粥都没煮过。第一次做饭，她拿打火机对准煤气灶，试了五次都没成功。最后还是董礼涛握着她的手点了火，蓝色火苗腾起的瞬间，两人开怀大笑，仿佛突破了什么技术难题。从那天起，王香燕每天心安理得地等丈夫下班回来做饭，反正自己只要洗碗就好了。

很快，王香燕就没法心安理得了。有一次朋友们来家聚餐，结束后董礼涛自告奋勇，说今天的碗太多，他来洗。董礼涛那一丝不苟的流程让王香燕叹为观止——不同的餐具分门别类，一字排开，用不同的抹布，温水加洗洁精洗一遍，清水冲两遍，开水烫一遍，再用干布擦一遍，再整整齐齐地摆好……

日子久了，王香燕发现，丈夫事事都讲究个精准：晾衣服时，她常常一股脑儿地搭在绳上，丈夫看到后必然会重晾，他会将衣服抖三下，用衣架平平整整地撑开，衣架间隔正好 15 厘米；打扫房间，她觉得看起来过得去就行，但丈夫却用三五块不同材质的抹布，每个犄角旮旯都要擦到……

看到丈夫的专注劲儿，王香燕总有种错觉，仿佛他不是在家里而是在车间里。她想，如果家是车间，那自己应该是他最不成器的徒弟吧。

但董礼涛从来不要求妻子，也从不抱怨。他从来不觉得家务是什么大不了的事，个人有个人的干法，妻子不愿意干也没关系，自己下班顺手就干了。他对妻子说："你原来在家怎么样，结了婚还怎么样，我会像家人一样惯着你的。"

王香燕点了点头，私下里却让公公去买了一把长柄点火枪，开始自己学着点火做饭。当时她也没有想到，从那时起，两个人的角色开始悄悄地转变——

在生活的磨炼中成长

21世纪到来的时候，董礼涛的女儿董智纯快一岁半了，开始牙牙学语。

他们的家在哈尔滨电机厂宿舍147栋，一楼的一间，13平方米，朝北，和邻居们共用厨房与卫生间。私有的空间早已被生活塞得满满当当：一张高低床、一台洗衣机和几个柜子，连转身都要小心翼翼。那是董礼涛父亲单位分的房子，苏联人建于20世纪50年代。冬天苏式红砖楼檐角的冰溜子垂下一尺长，后窗玻璃上的霜花冻出奇异的纹路。

一个周末，董礼涛猫腰钻进黑黢黢的门洞，蓝布棉门帘子上的冰碴子哗啦直响。王香燕抱着女儿坐在窗前，指着窗花问女儿："这是什么呀？"

"冰，雪。"

"是冰还是雪？哦，是冰雪大世界呀！"

女儿咯咯地笑了起来。见丈夫进来，王香燕笑盈盈地说："东西都收拾好了，吃了饭就送我们回爸妈家去吧。"

虽然结了婚，但她这个幺女也不曾真正地离开爸妈。原来的幼儿园拆迁后，她又在爸妈的房子里开了一段时间幼儿园，也有很多小朋友来上课，后来有了女儿才停了下来，打算等女儿大一些再开。但孩子出生后一下多了很多事，小夫妻俩有点招架不过来。有一回董礼涛见妻子实在太累，便自告奋勇带女儿出去晒晒太阳，让妻子多睡一会儿。结果王香燕一觉醒来，父女俩还没回来，追到外面小公园一看，丈夫在看图纸，孩子在摇篮里，小脸晒得跟红皮鸡蛋似的，满头大汗，全身起了痱子，晚上又开始流鼻涕，气得她抄起笤帚就要揍人，从此再也不敢让丈夫一个人带女儿了。

父母心疼小女儿，便让她带着孩子回去住，周末再回自己家，让女婿安心地上班。这天王香燕收拾好了准备回娘家，董礼涛却迟疑道："要不，再在家住几天吧？老麻烦爸妈也不是个事儿。"

"那有啥，爸妈才不会嫌我麻烦呢，再说你连周末都加班，"王香燕不以为意，突然发现丈夫神色有异，"咋了？出啥事了？"

董礼涛知道瞒不过去，只好向妻子坦白。就在那个周

2016 年 12 月，王香燕在家里接受电视台采访

末，王香燕的父亲突发脑梗。董礼涛在机床边接到电话，工作服都没换就往医院跑。病房里，岳父的右手蜷成鸡爪状，喉咙里呼噜作响，他学着用棉签蘸水润老人的嘴唇，用吸痰器一点点清理……

哥哥姐姐都在，岳母还是偏疼小女儿，对小女婿说："先别告诉燕儿，她带着娃，脱不开身，知道了也是干着急，这几天就先住自己家里吧。”

但董礼涛没能瞒过妻子。病房里，老爷子嘴歪眼斜淌哈喇子。王香燕拿热毛巾给父亲擦身子，擦着擦着就想起小时候父亲驮她看冰灯，那会儿父亲的后脖颈儿冒着热气，现在却瘦得只剩层皮。她鼻子一酸，父母老了，现在，该换她照顾他们了。

老爷子出院后，王香燕带着女儿回到了娘家，一边照顾父亲，一边照顾女儿。董礼涛每周都来，不是拎着水果就是揣着工资，临走前总要把岳父的轮椅擦得锃亮。“他眼里有活。”王香燕的父亲虽然说话不利索，但每次女婿来，他混浊的眼睛都会亮起来。董礼涛给岳父按摩、喂饭，连指甲都修剪得整整齐齐。

老爷子终于一天天地好起来，渐渐生活可以自理。女儿2岁了，董礼涛将其送进了汽轮机厂的幼儿园，想让妻子轻松一点儿。但老爷子坚持不再需要女儿照顾，父母都鼓励王香燕把干了一半的事业再找回来，“围着爹妈转有什么出息？你得干自己的事儿，给娃带个好头”。但那时办幼儿园的门槛越来越高，证很难再批下来，王香燕最终放弃了办园的念头，转而去了一家私立幼儿园上班。

一切渐渐走上正轨，但生活在毫无准备的时候给了王香燕当头一棒。

2004年的春天，王香燕正在幼儿园给孩子们排练节目，突然接到哥哥的电话，她跌跌撞撞地往医院跑，六神无主。

母亲走得突然，连句遗言都没留下。王香燕握着母亲冰凉的手，整个人都木了。谁和她说话都听不进去，她从来没有经历过亲人的离世，甚至连葬礼都没怎么参加过。她不理解，好端端的一个人，怎么说没就没了呢。

“我给涛儿打电话，叫他回来。”董礼涛那会儿正在湖北十堰参加一个全国比赛。董妈妈赶到医院，听说亲家母过世，第一反应就是给儿子打电话。

“算了，妈已经走了，他回来也见不到最后一面，”王香燕的哥哥拦住了董妈妈，“说了也是分心，不如别让他知道了。”

“那哪成？”董妈妈看着木着脸的儿媳，只觉心疼，“燕儿没了妈，这个时候，涛得回来。”

“您也是她的妈妈，”王香燕的哥哥按住了老太太拨电话的手，“我妈也把涛儿当儿子，她最稀罕看涛领奖状！”说着，他拍了拍妹妹的肩膀，“别怕，哥在！”

王香燕蓄了很久的泪终于决堤，哇地哭出声来：“我妈前两天还问，涛去的时候有没有穿棉裤。”

董礼涛赶回来的时候，岳母的丧事已经办完了，他冲着遗像直直地跪了下去。

“怎么不告诉我？我应该回来送妈一程。”

王香燕把丈夫的证书放到母亲的遗像前，继续叠元宝，含泪说：“看到你出息，她会开心的。”

董礼涛一家三口

2023年“大国工匠年度人物”发布活动现场，央视记者采访时提到这段往事。时隔近20年，王香燕依然觉得心会疼。当着全国观众的面，她努力睁大眼睛咧开嘴角，还按了按眼角，但是没有用，眼泪还是掉了下来。

这件事以后，备受宠爱的“小公主”彻底长大了。王香燕知道丈夫起早贪黑接送不便，就将已读大班的女儿从汽轮机厂的幼儿园转到自己工作的幼儿园。小姑娘还有点不舍得离开，抱着爸爸的腿哭。王香燕蹲下来给女儿系好鞋带，擦干眼泪：“宝贝，妈妈在啊，妈妈会一直陪着你。但是记住了，这是个秘密，在新的幼儿园，要叫我王老师。”

人总要学会长大，学会告别。当年连煤气灶都不敢点的姑娘，现在可以单手掂炒锅，承包厨房所有的活儿，她渐渐成为一个家的主心骨，将丈夫的那一份责任主动挪到了自己的肩上。

实现了期待，也亏欠了家人

一年又一年，时光像董家客厅里那个陪了三代人的三五牌座钟，不紧不慢地走，王香燕则是那个日夜上弦的人。

董礼涛有自己的时间表，日子在忙碌的节奏中倏忽而过，一眨眼，女儿大了，父母老了。

董礼涛母亲第一次走丢的时候，女儿正在读高三，折腾了一大圈才把人找回来。老太太身边离不开人，王香燕便让董礼涛去接女儿下晚自习。女儿九点半放学，接到一对一补课的老师那里，上到 11 点半再接回来。董礼涛发现自己很久没和孩子聊过天了，本想找个话题聊聊，却发现累了一天的女儿吃着点心就睡着了。

车窗外忽明忽暗的灯光掠过少女的脸庞，董礼涛忽然意识到，没几个月孩子就要考上大学远走高飞了，她怎么突然就这么大了呀？

董智纯出生于 1998 年那场特大洪水的警报声中，连轴转的防汛值班生生压住了董礼涛的陪产假条。等他在值班室接到电话，在满城严阵以待的紧张气氛中冲到医院，新生儿皱巴巴的小脸已在襁褓里扭来扭去，好像车间里没焊牢的铜丝头。

从孩子出生开始，董礼涛的缺席好像成了家常便饭。明明生活在一个屋檐下，一家人却常常见不到面。他下班的时候，孩子已经睡了；孩子起床的时候，他要么已经出门了，要么还在补觉。

在董礼涛的印象中，女儿一直是个让人省心的孩子：她上的是爸爸小时候上过的幼儿园、小学，竞聘班委、参加比赛，都不用家长操心，然后以优异的成绩考上了一所民办初中，虽然中考发挥得不算好，但也是市重点，而现在起早贪黑地冲刺高考，特别自觉，从不抱怨。

到家的时候，董礼涛还不忍心叫醒女儿，只觉心疼，“现在读书，太辛苦了”。

进门的时候已经 12 点多了，董礼涛很意外，父亲居然还没睡，在等着他。

2008 年搬进这个三室一厅以后，他们就和父母一起住了。平时都是老人照顾他们，但老人睡得早，晚上很少能碰面。

“你有没有发现你妈越来越不对劲？”老爷子开门见山地问他。董礼涛迟疑着，这几个月天天加班，确实没留意。“妈妈之前的脑梗，后来不是好转了吗？”

“这里，”老爷子指了指脑袋，“可能好不了了。”

医生的诊断书放在眼前，董母脑梗以后小脑萎缩，患了阿尔茨海默病。董礼涛心一沉，他知道这个病俗称老年痴呆。

那天父子俩聊了很久，父亲只有一个意思：你妈脑子

董礼涛眼里的女儿

不好使了，闺女正在高考的关键期，家里一大摊子事，你是大男人，不能再当甩手掌柜了。

从父亲嘴里，董礼涛知道了很多他不曾仔细了解过的鸡毛蒜皮：女儿二胡学了快10年，每个礼拜都要背着琴风雨无阻地挤公交，眼看着学业越来越紧，坚持还是放弃，娘俩的拉锯战持续了很久；小升初那会儿，王香燕每晚焦虑得睡不着，坚持多年的快乐教育，最终还是让步给了奥数和英语；上了初中，孩子开始叛逆，听不懂好赖话，妈妈说一句，她要顶三句，有一回还对着奶奶吼，妈妈气极了，拿鞋底子就要抽女儿，要不是爷爷拦着，母女俩就要对着打，然后冷战了好几天；上了高中，老师说孩子早恋，但妈妈相信女儿，这一回她坚定地站在女儿这一边，一边安抚孩子一边跟老师沟通，尽量不让这件事影响孩子的情绪……

"这些你都不知道吧？或者知道一点儿，但从没真正往心里去，"说着说着，老爷子的语气变重了，"你还记得不，当时闺女好不容易考上了民办初中，学校有点远，你媳妇说要不买个车吧？你当时怎么说的，你问她能学会开车吗？会开就买。你是有驾照的，你没空接送，就这么轻飘飘的一句，你媳妇可费了老鼻子劲。她得辛辛苦苦去考证，考过了还不敢上路，只能我陪她练车。早上五六点，马路上没人的时候出门，陪她开到单位，我再坐公交回来。一大早幼儿园门都没开，她得干等一个小时。练了两个礼拜她才敢接送闺女，你以为有辆车就方便了？学校门口有多堵你知道吗？我得先去，把孩子领出来，她再开车来……日复一日，孩子不是自己长大的，你看起来顺顺当当，你媳妇背后操了多少心遭了多少罪，你知道吗？”

父亲的一番话，董礼涛心里五味杂陈。母亲已经睡熟了，董礼涛催促着父亲赶紧睡下，他给两位老人掖好被角，出门关灯前，他看到两个头发花白的脑袋靠在一起，突觉鼻子一酸。回屋他给妻子热了杯牛奶，并嘱咐她：“以后家里有什么事，给我打电话，别都一个人扛。”

但很多事，董礼涛还是没帮上忙。

女儿上大学后，董母的症状越来越重，在外面，她还维持着原有的体面和礼貌，对每一个打招呼的熟人点头微笑，但心里已经记不起他们是谁。她还是坚持每天去买菜，不让老伴儿跟着，却又总是找不到回家的路。老爷子见老伴儿久去不归，便联系儿子。董礼涛在车间接到电话时，新型叶轮正装夹在数控机床上，只能说：“爸你别急，我马上……”老爷子叹口气，说：“算了，我给燕儿打电话。”

王香燕找了三条街，终于把老太太找回来了。但下一次，老太太还是会出门，她闲不住，别人也拦不住。就算老爷子跟着，常常一扭头老太太就不见了。王香燕常常上着班接到电话，请假去找老太太。老太太一般都在菜市场，可找到了也不能马上回家，她还要陪着老太太讨价还价地将菜买一遍……

董礼涛也去找过，老太太攥着一把零钱在市场里转悠，羽绒服蹭着冻带鱼鳞片，嘴里念叨的是“涛儿该下学了”。董礼涛拽着母亲回家，母亲把零钱一字排开，问：“这是一块，这是五块，涛儿，你认得不？你这脾气，不认钱只认死理儿……”

董礼涛小的时候还不认识钱，有一回拿了 5 个 1 分的硬币去买冰棍，但他最喜欢的那款卖完了。卖冰棍的将 5 分钱还给他，拿了两个 2 分的，一个 1 分的。“我给你了 5 个硬币，为什么你只还我 3 个？”他不干了，站在摊前理论了很久，直到姐姐放学弄清原委将他拉走。快 40 年过去了，老太太忘了很多事，却独独记得这件，反反复复地说，她活在旧光阴里。

董礼涛很佩服妻子，不管老太太这件事说多少遍，王香燕都像第一次听说一样，认真地听，该笑则笑，该叹则叹，每一次都发自肺腑。他称赞妻子的好耐心，王香燕说："你懂啥，医生说了，老年失智的人就是活在自个儿的世界里，重复过去就是他们最后唯一能做的事。他们能最后清晰说出的也许只有几百个字，一两件事，这些内容是他们一生唯一清晰的记忆。如果你想到，他们的一生只拥有这几百个字，就会有耐心听下去了。"

董礼涛只觉得喉咙一哽，心里说不出什么滋味。

老太太的状况越来越多，洗碗、刷锅会倒油，炒菜会拿菜刀去扒拉菜，还有一次把自己反锁在厨房里……董礼涛实在没有办法做到随叫随到，所以每一次"救火"的都是王香燕。她喊来开锁师傅开门，哄着骗着不让婆婆做饭了，并让公公寸步不离地看着婆婆。她每天早上 5 点多起床，做好一家子的饭再去上班，老人中午热一下就能吃，丈夫也可以带一份到单位。

再后来，婆婆瘫痪在床，需要定时翻身按摩、擦洗，换尿不湿。董礼涛不在的时候，王香燕和公公抬不动老太太，就用一条干净毛巾垫在她身子底下，抽一下，滚动一点，这样翻身、擦背……董礼涛心疼妻子，雇了一个阿姨帮忙护理。但 2020 年初新冠疫情突发，小区封闭，阿姨离开，因为工厂的纪律，董礼涛也不能时常回来，一切又落到了王香燕的身上。她一边给幼儿园的孩子们上着网课，一边照顾家里。好在女儿这个时候回来备战考研，在网课间隙帮着给奶奶拍背、喂饭、擦身，就连晚上睡觉也提着神。听到奶奶房里有动静，女儿就跑过来帮忙换尿不湿，换完再拍一拍，揉一揉。董礼涛有一次半夜回来，进门看到女儿娴熟的动作，又心疼又感动。三代女人吃力的喘息声混着酒精的味道，穿过漫漫长夜，多年后还一直回荡在他的脑海。

小区解封后，王香燕的哥哥也过来帮忙。他说自己退休了，闲着也是闲着，就在这儿守着，让妹妹安心地去上班。每天早上，王香燕的哥哥和老爷子一起，将老太太抱到阳台上晒晒太阳，陪她唠嗑，帮她按摩，有时还帮忙做饭。老爷子终于得空喘个气，还能下楼溜达一番，他感激地对儿子说："好人全让咱们家遇上了。"

这虽是最艰难的一年，但因为一家人的齐心协力，董礼涛的工作并没有受太大的影响。那一年，他当选为全国劳动模范，证书拿回家，母亲眯起眼，眼角眉梢都是笑。她将证书摸了又摸，说："涛出息了。"

母亲又变回了那个干净利落的老太太，阳光下笑容慈祥、温柔大方，但董礼涛知道，母亲已经慢慢退回到一个孩子，生命在一点点萎缩。全家的努力，只为让她的余生多一点体面。

母亲最后的日子，董礼涛常常会想起之前零零碎碎的种种：自己小时候爱“打仗”，容易磕着碰着，母亲就收着一片片乌鱼骨，哪个孩子的脑袋破了，出血了，就给他刮乌鱼骨的面儿。家属区的孩子们都喜欢她，敬重她；她从小吃过太多苦，什么好东西都想着留给孩子，零食、水果攒了一大堆，就是不舍得吃，做儿子的常常气得大吼，“咱家是吃不起这些吗？”她从小要强，想在工厂干一番事业，却被时代耽误，于是总盼着孩子们出息，老了也常念叨，要踏实工作，不要偷懒，不要耍小聪明，不要给人添麻烦……董礼涛常常后悔，怎么就没有耐心地听她说完呢，怎么就没有多花点时间陪陪她呢？曾经以为会有的补偿和陪伴的时间，像流沙一样从指间滑落，再也留不住。

母亲走的时候新冠疫情还没有结束，同事们要来送老太太最后一程，董礼涛都谢绝了，他知道老人一辈子都不想给人添麻烦，身后事也一样。殡仪馆的灵车碾过三大动力街刚刚融雪的街道，经过她和儿子都奉献过青春的汽轮机厂。董礼涛恍惚看到30多年前的母亲站在厂门口，怀里揣着热腾腾的饭盒，她用冻僵的手将刚出锅的酸菜粉条递给一脸不情愿的儿子，嘱咐他好好吃饭，好好工作。她说工厂就是最好的单位，踏实干，会大有作为。

30多年后，董礼涛终于实现了母亲的期待，但是，他也亏欠了家人。

人生也需要精削细磨

2025年初，女儿董智纯研究生毕业前的最后一个寒假，在全城迎接第九届亚洲冬季运动会的热闹氛围中度过。

社交平台上，董礼涛作为大国工匠、家乡名人欢迎全国游客。小视频在朋友圈流传："特别想推荐的是哈尔滨的青年力量，这里的青年，正在用智慧和汗水，为智造强国建设，贡献着中国工匠的力量，铸就着新的辉煌。"

看着老爸在视频中热情洋溢的样子，女儿董智纯啧啧两声，"您老都这么说了，您姑娘毕业后要是不回哈尔滨，可就说不过去了啊。"

她知道，以往爸爸说起东北留不住年轻人，总是长吁短叹，近两年"尔滨"红了，回来的东北孩子越来越多。毕业回乡，是父母的心愿，也是她自己的人生规划。

董礼涛眼皮往上一翻，忍下嘴角的笑意，说："自己的路，自己走。"

"哎呀，老爸，您就这点好，特开明。"董智纯笑盈盈地搂住董礼涛的脖子，目光落在餐边柜的一排奖杯和奖状上，"又厉害又开明，真是我的好榜样。"

董礼涛在家的时间不多，但他对女儿的影响最大。他说话一板一眼，做家务一丝不苟。他看到闺女作业本上的"×"会皱起眉头沉下脸，耐心地说："可以不会，但不能不仔细啊。"

作为工匠，董礼涛一生追求精确，讨厌误差。女儿董智纯深知这一点，也把自己的弦绷得很紧。

"爸爸的奖状是银色的，我的奖状是金色的。"儿时要和父亲比一比的较劲宣言仿佛还在昨天，一转眼，她也到了父亲第一次在厂里拿奖状的年纪。

只是和父亲 14 岁就进工厂不同，董智纯的青春有了更多选项。她不想像妈妈那样当"孩子王"，也不愿意被约束，所以没想过像父亲那样做一个工人。根据年少时的浪漫想象，她喜欢自由自在的大自然，喜欢和植物对话，于是选择了学农。

学农就要选择理科，当时很多老师劝董智纯，学文科

2016年9月，董礼涛夫妻俩送女儿上大学

更有优势。但董礼涛支持女儿，他说，年轻的时候不知道自己喜欢什么，如果女儿对自己的志愿很明确，他一定会支持。

董智纯很感激，决定做一顿大餐犒劳父亲，也算自己18岁的成人礼。她早早地定好菜单，一起床就线上下单买菜，然后忙着熬小米海鲜粥、炖排骨，肉绞碎嵌到青椒里，煎一个青椒酿肉，再烙个鸡蛋饼……计划严丝合缝，正好可以在工厂饭点的时候送到父亲车间。但那一天一开始送货就晚了，接着每一步都匆忙，出门她又发现忘了买水果，急急折回用酸奶代替。时间很紧，她便打车去送，满头大汗地赶到，父亲也没有想象中的惊喜。

董智纯在烈日下步行回来，沮丧地发现：原来生活不是按照计划来的，现实中处处是不可控的误差。

这种感觉在董智纯大学毕业那年尤为强烈，当时正赶上新冠疫情，求职艰难，操场上摆着各个单位的摊位，但适合他们专业的几乎没有。

“我好像选错了。”那年春节回家，她茶饭不思，对母亲做的一桌好菜都没有胃口。

“吃不下？那喝一杯？”出乎意料，父亲给她倒了酒，“成年了，可以喝一点了。我得看看姑娘有多少量。”

那一天，父女俩喝到了半夜。董礼涛和女儿聊起她小时候，聊到自己的工作，聊这些年的得与失。董智纯说，她其实很早就发现自己不适合学农了，但是这四年她一直很努力地在适应、在改变，总觉得只要坚持到最后就有好结果，谁知道花了这么多心血，依然没有单位录用她。还说了什么，她也记不清了。她只记得自己眼泪汪汪说选错了的时候，父亲拍着她的肩膀说："什么错不错的，人生又不是标准件，不满意就重新加工，反正有的是时间。"

"那我还能再选一次吗？"

"当然，"董礼涛说，"人生的精彩不是丝毫不差，而是随时都有修复误差的底气和勇气。"

董智纯破涕为笑道："爸，你什么时候变成哲学家了？"

董智纯决定跨专业考研，选择在过去四年里慢慢开始感兴趣的哲学。这是一个艰难的决定，她拖着一箱资料回家埋头苦读，没有基础，没有专业辅导，一切从头开始。

考研首战，差两分；二战，还是差两分。微小的误差一次次把她逼入绝境。

这期间，奶奶走了，没能等到孙女的好消息。

家里少了一个人，一下子安静了很多。不用为奶奶擦洗、换尿不湿的时候，董智纯常常觉得心里空落落的，豆大般的泪珠突如其来地落在复习资料上，她允许自己哭10分钟，然后擦把脸继续埋首，一刻不敢停。

考研三战的时候，别的同学已经上岸了，工作了，恋爱了，董智纯还在一腔孤勇地向前。一念是焦虑与茫然，一念是渴望与憧憬，她像走在钢丝上的山羊，每一步都如

董礼涛在首届大国工匠创新交流大会现场留影

履薄冰，身后已没有退路。

那段时间董智纯变得非常敏感，有时看到父亲的荣誉也会暗自神伤："为什么爸爸这么优秀而自己却做不到？"

"傻瓜！"董礼涛笑道，"你以为这些证书摆在那儿是为了显摆我有多能耐？"见女儿不吭声，他继续说："摆在这儿，只是为了让爷爷奶奶知道，我不在家的时候不是在瞎忙！"那晚，父女俩唠嗑又唠到后半夜。董礼涛搓着手跟闺女掏心窝子。他说："这些年一直在单位忙，一个难关一个难关地过，现在想想，人是活个心气儿，不是活本儿证。就算你考上了，阶段性的成功，也仅仅是护送你到达新的起点，不会为人生所有的结果负责。比这更重要的，是抽筋剥骨、咬牙撑道的死磕劲儿，有这劲儿，往后才能在泥汤子里扎下根，指不定哪天就咔嚓一下支棱成大树了。"

"我没顾着家的日子，让你跟你妈遭罪了。我以前觉得，不就是读个书嘛，有啥难的。现在看看，你上大学比扛大包还累啊，还得没日没夜地伺候你奶——这事儿可比啥奖学金啊奖状啥的厉害多了！我跟你说闺女，就这事儿，我觉得我和你妈教育得很成功，值得吹一辈子。"

董礼涛还提到了自己小时候的梦想，那会儿一心想着考大学，坐办公室，但这辈子到底没逃出厂房，但哪怕油脂麻花的，他也觉得很成功。“我还是那句话，人生不是标准件，不是非要按着图纸来，但你只要尽心地去做，一定会有满意的结果。”

董智纯平时和父亲沟通得不多，但每次聊完，心里都会觉得松快不少。考研三战，她终于成功了。

一晃两年，又到了要毕业的时候，董智纯决定回哈尔滨。总有“过来人”劝她，现在工作不好找，爸爸已经这么有名了，进他熟悉的行业，无论什么岗位，都会少走很多弯路。

董智纯笑：“我爸要有这种意识，他就不是他了。”

下一代的路，下一代自己去走。董礼涛也不希望孩子像自己一样，变成一个工作狂。他送给女儿一句话，就像送给许多年轻徒弟的一样，“精心工作，精彩生活”。

人生和工件一样，也需要精削细磨。干了大半辈子铣工的董礼涛很确定，那些走过的路、闯过的关，那些迷茫与不安、失落与遗憾、执着与勇敢，都是向完美挺进的刀痕。铁屑积累的，是未成器时的执念；标尺丈量的，是人生进退的分寸。终其一生，无非是将粗粝的时光坯料，一寸寸削成大器独一无二的锋芒。

后 记

采访董礼涛之前，我看过关于他的很多报道。见面第一天，从机场到工厂的路上，他说起自己的童年偶像是王进喜。当时我想，他对于接受采访这件事一定经验丰富，这句契合劳动模范“人设”的“标准答案”，想必已经回应过很多记者。

但很快我就发现，董礼涛远没有我想象的能言善道，不擅长铺陈细节，不习惯渲染情绪，这些年的废寝忘食、锲而不舍、取舍两难，这些媒体期待浓墨重彩、大书特书的“故事”，他通通轻描淡写三言两语带过，“啥应不应该的，该干就得干呗”。

典型报道中的董礼涛是真实的，从连轴转的工作状态中，我能感觉到“铁人精神”早在漫长的岁月中浸入骨血，成为理所当然的信念。可聚光灯外，他依然是未被规训的天真：因多年专注技术保留的纯粹，历经风霜未改的傲骨，为适应时代、融入集体、带好队伍作出的辛苦调整。即便荣誉等身，他始终没有变成一个熟练的、游刃有余的“成功典范”，还保留着最初的质朴与可爱，拘谨背后是认真，笨拙里藏着真诚。

采访结束送我回机场的时候，董礼涛聊得更多的是家长里短：还未享福就过世的母亲，匆匆离开的老同事，想法越来越多的小徒弟，工作还没着落的女儿，因为新项目而又一次推迟的假期……他说自己从不后悔这一路的付出，但有些遗憾也会努力去弥补。人生就像他加工了半辈子的叶片曲面，每个弧度都要平衡强度与效率，大国工匠也一样，得平衡传统坚守与现代创新、桎梏突破与风险管控、技术精度与生活温度……

在有一搭没一搭的闲聊和感慨中，我意识到，董礼涛一开始说童年偶像是王进喜时其实是发自肺腑的，“铁人精神”从未远去，只是被时代重新编码为更丰富的叙事：新时代的“铁人”不一定非得做孤胆英雄，技术突围期待更多元的开放合作，持续奉献需要更稳定的情感支点。老一代劳动模范靠身体硬扛的集体主义，正进化为科学管理与人文关怀交融的新型生产关系。而一些看似遗憾的别离，实则是工匠精神在更广阔天地的流转与延续。因为新质生产力的发展既离不开“铁人精神”铸就的硬核实力，更呼唤创新活水冲破思维冰层；既要单点突破的锐利锋芒，也需团队协作的温暖底色。

当劳模精神不再意味着燃烧自我的悲情牺牲，当“工匠”内涵从“老黄牛”拓展为“领航员”，中国制造正在书写更具生命力的时代新篇。正如离开前一天晚上董礼涛坚持带我去看的松花江，冰层下是老工业基地的深沉潜流，更涌动着创新引领的汩汩春泉。

2025年3月